Quelques heures de fièvre

DU MÊME AUTEUR

Je me souviens de tout, Julliard, 2004 ; Pocket, 2005.
La vie magicienne, Julliard, 2005 ; Pocket, 2006.
Le chameau le plus rapide du désert, Le Chêne Jeunesse, 2006.
La mer l'emportera, Flammarion, 2007 ; J'ai Lu, 2009.

Isabelle Desesquelles

Quelques heures de fièvre

Flammarion

ISBN : 978-2-0812-2811-5

Pour le beau jeune homme,
pour Éric Cherrière.

Il était une fois une enfant. Une petite fille sans larmes, habillée d'un joli pull. Les manches en sont bien un peu grandes mais elle pourra le porter plus longtemps. Ce pull, elle l'aime, pour ses longs rubans aux poignets, des rubans satinés et tout légers. Ils bougent avec ses bras. Un geste et ils se balancent.

Elle a appris à faire attention au moment de se laver les mains ou de rincer son assiette, en un rien de temps les rubans sont trempés, c'est désagréable, sa peau n'aime ni le froid ni l'humidité. Le pull avec les rubans est un cadeau de sa maman. La petite fille jubile quand elles paradent toutes les deux dans le salon, elles font des mines, des révérences, leur défilé privé. Un avant l'été, un autre avant l'hiver. Les semaines qui précèdent, elles repèrent les vêtements dans leurs armoires, neufs ou anciens, elles font leur choix et attendent le jour prévu pour tout réessayer en même temps. Ne pas avoir porté ces tenues depuis plusieurs mois leur donne un air neuf.

Le pull à rubans est spécial, en tout point pareil à celui de sa mère, plus petit bien sûr mais c'est un pull de femme. De la couleur de leur bouche à toutes les deux. « Rose ancien, comme vos lèvres », a remarqué Dino, leur voisin et l'amoureux de la petite fille.

Dino voit tout, même l'invisible, surtout l'invisible ; il le dit lui-même : « Rien n'est plus important pour dessiner. » Dino a quatorze ans, trois ans de plus qu'elle. C'est un grand mais ce n'est pas encore un adulte. Il la protège. De quoi ? Du soir qui vient, de la pluie soudaine, des silences de sa maman parfois. La petite fait tout pour charmer Dino. Il la contemple et elle devient jolie. Sa maman, la petite fille l'aime sans conditions mais aimerait-elle autant Dino s'il la regardait moins ?

Dino la met en colère quand il ne fait pas comme elle veut. Si une chose le gêne, il sifflote et sort sa phrase énervante : « Il n'y a pas péril en la demeure. »

Ce soir, ni sa mère ni Dino ne sont là pour veiller sur elle. Elle a le salon pour elle seule. Pour commencer, elle a joué à la grande, en prenant des poses pour imiter sa mère, perchée sur une paire de chaussures aux talons impossibles. Les mains sur la taille, les épaules jetées en arrière, la petite fille se regarde des heures dans la glace. Elle passe et repasse devant et s'admire l'air de rien. Elle ne peut pas s'en empêcher. Dino ne la loupera pas s'il la surprend à faire la belle. Sa maman tarde, ce n'est pas bien. La petite fille en a assez de l'attendre, assez de s'observer sous toutes les coutures, elle s'ennuie. C'est trop calme dans la pièce. Elle va se rapprocher du feu, lui saura la rassurer.

Elle a interdiction d'y toucher mais elle veut plus de flammes pour écouter le bois, il gémit et chante en même temps. Un peu comme la voix de sa maman dans certains airs d'opéra, son métier avant sa naissance. La petite fille les appelle « les airs du cœur serré ». Sa maman voyageait dans le monde entier, on lui jetait des fleurs sur les pieds. Et puis, elle a décidé de ne plus bouger de l'île, pour être toute à son enfant, rien qu'elles deux. Elle chante encore, dans leur salon, loin des théâtres, pour, dit-elle, « apprendre aux autres à respirer avec leur voix ». À l'institutrice, au docteur, aux femmes de pêcheurs comme la mère de Salvatore le grand copain de Dino, même à des étrangers venus d'en face apprendre le chant. En ce moment, c'est le tour du beau jeune homme.

Quand elle ne chante pas, sa maman répond à toutes les questions du pourquoi et du comment. La petite fille ne sait plus quoi demander pour la faire sourire. Sa maman parle, ses yeux la caressent, c'est bon comme un baiser. Elles prennent leur temps pour la tendresse.

La petite fille va faire une bêtise. Elle veut mettre un peu de vie dans le salon trop vide, juste un peu d'air entre les deux bûches pour ranimer la flamme. Elle a souvent vu sa mère le faire. Après tout, comme dirait Dino, il n'y a pas péril en la demeure. Il faut être prudent avec les mots.

Si elle ne prend pas la pince, elle aura l'impression de moins désobéir, elle écartera la bûche avec ses doigts. Jamais, elle ne s'est approchée si près de la cheminée. Ça y est, son bras est à l'intérieur. Elle est tellement concentrée, elle oublie les rubans.

Il a suffi d'une seconde. La flamme est haute, beaucoup trop haute, elle enfle, elle grandit vite, beaucoup trop vite.

Le feu attrape son bras, il l'agrippe, quand elle retire sa main, les flammes viennent avec. La petite fille veut leur échapper, elle court loin de la cheminée jusque de l'autre côté de la pièce mais cela ne suffit pas, le feu refuse de la lâcher. Une voix dans sa tête lui ordonne de s'en défaire à tout prix ou alors il la dévorera. Déjà, il a atteint l'épaule. Elle pense à son autre bras, lui, l'aidera, à enlever son pull, à ôter ce qu'il en reste. Rien à faire, elle n'y arrive pas. La petite fille ne savait rien de la douleur ni de la peur.

Elle voudrait changer son bras en feu pour celui d'avant, avoir d'autres yeux pour ne plus se voir brûler, sortir de ce corps qui a été le sien. Où il y avait des rubans, une manche, elle voit une drôle de peau. On dirait une boule de glace en train de fondre sur un cornet. Elle pense à un crapaud, un de ceux des abords du lac. Elle ne savait pas que sa peau sentait si mauvais. Elle secoue son bras, tellement raide, à jeter par la fenêtre. Oh oui, s'en débarrasser. Elle arrête de regarder. La voix dans sa tête répète que ça ne peut pas durer, que ça va bien finir par s'arrêter. C'est quoi cette fumée ? On ne lui avait pas dit qu'elle avait de la fumée dans le corps. Elle s'étrangle, elle a du mal à respirer. Elle ne s'entend pas hurler.

Elle est vidée, toutes ses forces sont tendues vers cette chose méconnaissable, son bras de petite fille. Elle n'en est plus au point de pleurer, elle grince des dents et mord. Quoi ? Ce qu'elle trouve dans sa bouche. Elle crache son sang.

C'est fini, elle ne sent plus rien, comme si la douleur jouait à cache-cache. Elle a la terrible impression de ne plus être elle.

Bizarre comme son bras maintenant est mou, tout noir. Elle est incapable de savoir si elle a la bouche fermée ou ouverte, les mots, les phrases sont parties avec son bras. C'est comme si elle était au bord d'elle-même, prête à tomber. Elle ne doit pas bouger d'un millimètre, peut-être alors tout redeviendra comme avant. Elle déteste être grondée. Cette fois tout est de la faute de sa maman, elle n'aurait pas dû la laisser seule avec le feu. Il y a de la poussière partout. Il faudrait ouvrir la fenêtre, nettoyer, enlever l'odeur. Elle est fatiguée, si fatiguée, elle va fermer les yeux. Quelqu'un vient.

Dino ? Il l'aidera à remettre de l'ordre, sa maman ne saura pas qu'elle a désobéi, elle se soignera toute seule. Elle ne touchera plus au feu. Promis. Ce n'est rien, elle n'a rien, son bras ne la brûle même pas. Elle pleure parce qu'elle a eu peur, c'est normal, ce n'est pas grave.

La petite fille ne comprendra pas l'agitation autour d'elle, sa maman qui mange ses larmes. Elle porte une robe trop courte, avec de la dentelle sur les seins. Ça n'a pas l'air de la gêner. La petite fille aimerait être sûre qu'elle ne lui en veut pas, elle ne l'a pas fait exprès pour le pull. Et Dino ? Il est à côté d'elle, il n'a pas eu le temps de ranger. Quand elle a senti une main sur son front, ses yeux étaient comme la nuit, un grand vide sombre. Elle s'est accrochée à cette main qui se promenait de son front à sa bouche. Elle ignorait que Dino avait des doigts si longs. Pourquoi la regarde-t-il comme si elle était une catastrophe ? Faut pas exagérer, elle a juste bougé une bûche.

La petite fille pense à toute vitesse, elle n'a toujours pas pu sortir un mot. Jamais elle n'a vu autant de monde dans leur salon. Ils tournent autour de son corps, s'arrêtent du côté où la manche a mangé la peau. Elle n'aime pas ça.

On l'allonge sur un drap, un drap qui trotte. Elle pourrait marcher puisque le feu n'a pas touché ses jambes, pourtant non, elle le sent, elle ne tiendrait pas debout. Où vont-ils tous ? Ça ne rigole pas, rien à voir avec la cour de récré et les parties de mouchoir quand Dino lui court après.

On la porte, le ciel avance en accéléré avec des bouts d'arbres, des cuisses, le visage de sa maman prend beaucoup de place. Son sourire, on dirait une grimace.

Au début, personne n'a pensé à protéger la petite fille de la pluie, maintenant il y a une bagarre de parapluies au-dessus de sa tête, elle grelotte.

Elle reconnaît la voix du docteur. Elle a longtemps cru qu'il avait une diarrhée chronique pour être obligé de travailler dans un cabinet. Normal, se disait-elle, que personne n'ait envie d'aller chez le docteur, ça ne doit pas sentir bon chez lui. Jusqu'au jour où il avait dû la recoudre. À l'époque, elle avait été bonne pour huit points de suture. Ça pissait le sang, aujourd'hui, non. Même si son pull et sa peau cramés font un drôle de mélange, elle ne saigne pas, c'est bon signe. Elle entend le mot « hôpital ». Il n'y a pas d'hôpital sur l'île. Ils vont traverser le lac ! Partir de l'autre côté ! Ce sera la première fois.

J'ignore si la petite fille a pensé ainsi. À onze ans, même ce que l'on connaît, on ne le sait pas forcément. C'est moi le Dino de l'histoire. Un Dino qui a vieilli après avoir vécu trop d'années loin de son île.

Seule la petite fille pourrait dire si j'invente ou si je colle à la réalité. Si je me souviens de tout ou si d'un instant, j'ai fait un roman. Cet instant où une enfant voit sa chair tellement carbonisée que son corps ne peut plus lui dire « je suis malade ». Cet instant où un bras part en fumée, le joli pull à rubans fondu à même la peau. Des lambeaux de peau carbonisée, collant à des fragments d'os apparents et noircis. Sur le moment, le gosse que j'étais, s'est dit que cela ressemblait à un vieux carton bouilli. Non, cela ne ressemblait à rien.

La pluie, l'attente à l'embarcadère, les mains du petit Dino soucieux de sauver sa belle, qui sait, ont achevé d'infecter le désastre. La nécrose en a profité.

De ce jour, j'ai appris un jargon que je n'aurais jamais dû connaître. J'avais besoin de comprendre, partager, prendre ma part, alors je pourrais, croyais-je, soulager et guérir la petite fille. J'ai seulement réussi à affronter un malheur. Ça ne suffit pas.

La petite fille a disparu dans un bateau avalé par l'horizon. Même quand il a cessé d'être un point, j'ai continué à vouloir le voir. J'aurais dû rester avec elle, je m'en veux encore. Qu'aurais-je fait ? Rien, assurément.

Ensuite, il y eut toutes ces semaines, je restais planté au bord du lac à attendre son retour en fixant la terre ferme. Ferme, ce mot me rassurait. Je me le répétais, j'apprenais ce que c'est que d'aimer ferme.

On ne me disait rien, je ne posais aucune question. J'avais vu la terre de notre île se dérober sous moi, j'espérais, accroché à un mot comme à une bouée.

Il était une fois une enfant revenue bancale. Une enfant à consoler. J'étais trop jeune pour y parvenir. La petite fille n'était pas seulement de retour avec un bras en moins mais avec une mémoire trouée qui la protège d'un corps tranché net. On ne la meurtrirait plus. Depuis, sa tête efface les mauvais souvenirs.

Tout ce qui a existé avant la mutilation, elle ne l'oublie pas, après, c'est autre chose. La petite fille porte en elle une arme pour éradiquer la souffrance, une amnésie bienveillante, son tri sélectif.

Voilà la femme que je viens retrouver, une enfant qui trop vite a cessé d'être une enfant.

Noir, tout est noir, il fallait au moins l'écran de la nuit pour que se succèdent les images d'un passé jamais passé. La petite fille a surgi d'une profondeur opaque dont je ne sais si elle est celle du ciel ou du lac.

Le meilleur, dit-on, c'est l'enfance. On ne fait jamais le tour de son enfance, on croit lui avoir réglé son compte mais elle ne vous lâche pas et pèse pour beaucoup dans ce que l'on est. Peut-être plus encore dans ce que l'on n'est pas. Elle décide tant. Il faut que la vie passe pour que l'enfance puisse tout dire.

Vingt-cinq ans d'absence, c'est court à l'échelle du temps, vertigineux quand il s'agit d'une vie. De deux vies.

Quand on commence à découper en tranches le temps qui nous est compté, tout s'emballe. La peur, l'espoir, on ne compte plus ses erreurs. On tente de se soustraire à ses regrets. On s'avoue vaincu ou au contraire, on prend à bras-le-corps ce qui nous reste d'illusions. « Quand je serai grand… » Quoi ? Qu'as-tu fait petit garçon ? Où en es-tu de tes rêves ? Y en a-t-il seulement un que tu aies réalisé ? Te voilà grand et alors ?

J'ai quarante ans, je suis à mi-parcours et quoi ? Je voulais être un grand peintre, je suis un peintre. Je n'ai construit ni famille, ni maison. Je pourrais tomber des fois, tellement j'ai l'impression de marcher sur du vide.

Ce pourrait être l'histoire d'un homme qui a voulu ignorer le temps et qui mesure soudain comme le temps a passé, l'a dépassé. Le découvrant, rien pour cet homme ne peut plus être comme avant. Il court sur la terre, l'arpente, s'y étend de tout son long, elle tourne avec lui mais il veut plus. Il a besoin de promesses, besoin de vivre tout simplement, de respirer et le savoir. Il a besoin d'un rêve. Alors, il regardera le ciel et sous ses pieds il sentira la terre comme jamais.

J'ai reçu une lettre. Une lettre envoyée par mon amie à un bras, Carlotta, brune et longue. Je ne crois pas qu'elle l'ait écrite, encore moins qu'elle me soit adressée. Le papier a jauni comme si la lettre était ancienne. Une de ces lettres cachées toute une vie, trouvée sous une pile de linge ou au fond d'un tiroir. Un bout de papier contenant bien plus que quelques lignes.

Adoré adoré

Tu aimes que je t'appelle ainsi. Tu aimes l'amour qui prend toute la place, occupe pour la vie. Tu me dis que tu voudrais vivre à l'intérieur de moi, dans mon ventre, vivre là toujours, pourtant, tu partiras bientôt. Ma voix ne t'atteindra plus. Quand je crierai ton nom, tu n'accourras pas, tu auras disparu. Je resterai avec la pensée de nous, l'obsession de nous. Ton corps incisif et délié refusera d'être gommé. Je le distinguerai encore quand le lointain l'aura avalé. Avant, il y a une douceur à partager et puis il faudra vivre sans nous, ce nous qui me comble et m'encombre. Non, je ne te suivrai pas, ne te rejoindrai pas, j'appartiens à cette île.

Nous avons une saison encore, quelques semaines et ce sera l'hiver.

Le bonheur est fugace, pourtant je me lie à nous avec force. Avec toi, je m'écarte définitivement de la solitude. Tu seras loin et je continuerai à virevolter. Tu reviendras ? Oui, tu reviendras.

Je t'écris car les mots réclament de sortir, ils se bousculent dans ma gorge. Elles sont trop courtes nos nuits, les mots n'y ont pas de place, ils fondent sous nos caresses. Je t'emmène où personne ne m'avait suivie, où pas un n'a pu m'atteindre. J'étais une forteresse imprenable, tu m'as envahie et me tiens toute sous ton poing. Nous nous embrassons, nous dépiautons, deux corps acharnés qui cherchent.

Comme nous allons loin ensemble, main dans la main, rêves contre rêves. Avec les yeux vastes de l'univers, je nous fabriquerai un horizon, toi partout, partout, partout. Et chaque jour pour nous emmener jusqu'à demain.

Je voudrais emplir tes poches de petits cailloux blancs pour que jamais nous ne nous perdions, je voudrais en garder un qui ricocherait jusqu'en face. Je voudrais tout à la fois apprivoiser un fragment de rien et être pour toi une brassée d'étoiles.

Je veux encore toucher tes cheveux tout fins, tout légers dans le vent ce matin.

On ne jette pas comme ça son amour à la figure ! Pour qui cette lettre ? Elle n'est même pas signée. À l'intérieur de l'enveloppe, un prénom : Carlotta, un seul mot : « Viens. »

Cette lettre m'a fait l'effet d'une flèche, envoyée par une fille tendue comme un arc à un garçon qui peine à devenir un homme. Un appel au secours.

Je n'ai pas réfléchi, j'ai tiré la porte d'une maison qui n'était pas la mienne, filé vers l'aéroport, j'ai attendu un avion, relisant la lettre jusqu'à la connaître par cœur.

Bien sûr que je viens, Carlotta.

Nous avons passé plus de temps loin l'un de l'autre qu'ensemble et pourtant, personne n'aura plus compté.

J'avais oublié qu'ici la nuit pouvait être d'une telle opacité. La lune ne sera pas parvenue à percer les nuages, les étoiles en deviendraient paresseuses. Rien pourtant ne pourra l'empêcher, un peu de blanc bientôt viendra là-dedans, le ciel pâlira et l'horizon paraîtra. J'aime l'aurore qui attrape jusqu'à notre sommeil.

Quand on naît sur une île, quand on y a grandi, le continent est tout un monde. L'autarcie a ses codes, ses exigences. Il y a là de quoi façonner un caractère. Des rafales de vent, un orage mais c'est toute la vie de l'île qui est bousculée. On vit à part, avec une fierté mais aussi l'inquiétude de ne pas sentir le pouls de cette terre si proche et néanmoins étrangère. Il m'en reste quelque chose, ce qui est impalpable ou me glisse entre les doigts, m'attire.

J'ai plaisir à rester à la surface, au bord de l'insondable, à me pencher pour, au dernier moment, reculer.

À grandir sur une île, on apprend à marcher sans ligne de fuite. Droit devant, il y a l'eau, encore l'eau, un écueil. On marche l'eau accrochée à sa foulée, l'eau comme son ombre, elle nous encercle et nous attire, elle n'est pas forcément une limite. Pour la petite fille, notre île était un royaume. Après son accident, l'enfant mutilée a fait une bulle de toute cette eau. Pas une bulle qui s'élève dans le ciel, une bulle d'acier, pour une femme gommée.

Notre lac est vaste, le plus profond d'Europe, tantôt évasé, tantôt étroit avant de s'élargir à nouveau. Un Y renversé, certains y voient le sillon féminin. Multiple, tout en restant un seul, à la fois golfe et mer, avec des gorges entre lesquelles les eaux se faufilent.

D'autres lacs s'étendent davantage ou sont d'un seul bloc. Celui-ci se scinde en deux branches et possède une seule île, quelques kilomètres carrés sertis dans un écrin liquide.

Un paysage musical. Certains pêcheurs, dit-on, placent encore leurs lignes dormantes loin du bord, le poisson mord et une petite clochette fait sonner l'invisible. Rossini, Verdi et Liszt ont composé ici.

Une lueur monte, le lac est moins lisse qu'il y paraît. J'attends que l'on vienne me chercher, dans une de ces barques en châtaignier à fond plat recouverte d'une toile tendue sur des arceaux et qui entraîne assez loin pour oublier la terre. Une *lucia*. Je n'y montais pas avec Carlotta mais avec Salvatore. Gosse, combien de soirées j'ai passées à me demander ce que je donnerais pour avoir la barque de son père. Les *lucia* sont la propriété des hommes, la majorité de ceux de notre île sont des pêcheurs, ils peuvent avoir cinq filles, il leur faut un fils qui prendra la relève.

En quittant ma mère, mon père a disparu avec sa barque, j'aurais préféré qu'il se noie et nous laisse sa *lucia*. J'y pensais souvent au retour de virées avec Salvatore et son père. Je m'étais fait accepter, je faisais le muet pour ne pas déranger. J'ai mis ma voix dans un filet et l'ai coincée au fond de ma gorge. J'étais de toutes les sorties, l'apprentissage qu'un pêcheur réserve à son fils, je l'ai eu.

Je n'étais pas doué. À côté du seau de Salvatore le mien paraissait encore plus vide. Je craignais de ne pas mériter ma place. Combien de temps encore me garderaient-ils dans leur embarcation ? Je n'avais pas compris que, pour le père de Salvatore, j'étais un leurre pour capturer ma mère. « Ma meilleure prise », a-t-il eu le bon goût de se vanter à la ronde. Sa femme avait débarqué chez nous, on m'avait éloigné, de ma chambre, l'oreille collée au plancher, j'attendais le pugilat, j'ai assisté au partage d'un homme entre deux femmes solidaires.

Quand je suis redescendu, ma mère m'a envoyé auprès de Salvatore, elle, avait à faire avec son père.

De ce jour, Salvatore et moi avons eu la barque pour nous seuls et j'ai commencé à réfléchir au pouvoir des femmes, à regarder autrement la gamine qui me collait au train quand je filais à l'école.

Carlotta avait jeté son dévolu sur moi, je me suis laissé faire. Cette gamine m'amusait. J'aimais ses yeux d'un vert improbable. Il y a une couleur pour eux : céladon. Des yeux enfoncés, comme à l'abri dans leur orbite. Ce creux-là leur donne une étrangeté, elle vous harponne.

Je n'ai pas décidé de grand-chose, la petite fille m'a choisi. Je pensais à ma mère et ses hommes. Toutes les femmes étaient-elles de ce bois-là ?

Salvatore y allait de ses quolibets et moi, je m'engageais à une fidélité sans faille pour des yeux céladon. Je suivais leur course sur ma nuque, je ne comprenais pas, j'avais beau hausser les épaules, je les sentais toujours là. Posés sur un autre que moi, ils m'auraient meurtri. Un quart de siècle après, je les verrais presque fendre la nuit. Il faut se méfier de l'attachement d'une fillette.

Ma chambre donnait sur celle de Carlotta. À douze ans, au travers de nos fenêtres, j'aperçus une peau si pâle qu'elle perçait l'obscurité, sa chair endormie, une blancheur diluée dans l'aube pour me transpercer.

Je délaissais Salvatore et la *lucia*, préférant m'attarder devant ce petit corps sans drap ni chemise pour le dissimuler.

J'ai la sensation très nette de cette première fois, ma gêne furtive, ma résistance devant mon attirance. Un vertige doux et acéré.

J'ai essayé de me détourner, je voyais une courbe ramassée sur son rêve, je voulais la repousser mais rien à faire, j'appuyais mes lèvres contre le verre, lui enlevant un baiser. Le carreau était lisse et dur, un rien pouvait le briser. J'apprenais à désirer ce que la nuit recouvre.

Une autre fois, j'ai ouvert la fenêtre et mon corps, sans bouger d'un pouce, a bondi jusque dans le lit en face. Je ne dormais plus, j'attendais, égrenant des heures trop lentes, trop sombres, les heures nègres.

J'attendais les prémices d'une aube qui me délivrerait de mon attente et me donnerait la vision tant espérée. Aux premières lueurs, je me précipitais à la fenêtre, cédant à l'impérieuse secousse, l'impétueuse démangeaison. J'inventais que nous étions deux et contre la vitre froide, j'appuyais un sexe nécessiteux et glorieux.

Un matin, mon carreau souillé, je suis tombé sous le regard de deux paupières que je croyais baissées.

J'ai eu un mouvement de recul, je suis resté paralysé et trempé de sueur au milieu de la pièce, incapable de rien faire, mon pyjama sur les chevilles. De cet instant, Carlotta a décidé pour nous. Quatre ans plus tard, à l'âge de seize ans, je fuyais une île trop exiguë pour échapper au feu d'une paire d'yeux.

Dès l'instant où on cherche à la mesurer, la jeunesse s'éloigne. Vieillir est une certitude dont on se passerait bien. Depuis quoi ? Cinq, six mois ? Je me suis mis à guetter mon reflet, au point de le chercher partout. D'abord dans les vitrines, les carreaux des voitures, puis dans le premier venu, des hommes mais aussi des adolescentes, des mémères, tous devenus un autre moi-même, jusqu'aux chiens, surtout les chiens. Ça ne me plaît pas. Je me méfie des heures à verser dans l'abîme de soi. On s'y use. Que dire à un reflet aux épaules tombantes, si le ventre se tient, il est à peu près le seul. La chair s'affaisse, c'est imparable. Mes paupières ont entamé un compte à rebours, la peau change, plus mince, plus fragile. On se pince, on a du mal à y croire, l'air de rien on en profite pour effacer les rides.

On ne se défait pas facilement de soi-même. Certains jours, je me fais l'effet d'un de ces oripeaux remisés au placard. Les saisons passent, on les retrouve mités, on ne les portera plus. Il faudrait s'en débarrasser, mais on les garde, soigneusement pliés sous une pile de vêtements neufs, au cas où. On sait qu'ils sont là. Ils ne servent à rien mais ils ne comptent pas pour rien. Un jour, le placard déborde et il faut choisir. C'est eux que l'on garde. On n'est rien sans souvenirs, on est tout sauf léger.

Si vieillir, c'était avant tout grandir ? Je suis arrivé à l'âge où il devient difficile de se raconter des histoires. Résultat, je suis bon pour un grand saut dans le passé. Qu'est devenue mon île ? Que reste-t-il du gamin que j'ai été ? J'ai besoin d'eux.

Je reviens car je suis seul. J'ai besoin d'un but qui me distraie de moi-même, j'en ai assez de ma carcasse. J'arrive sans certitude. Quant à mes expériences, elles ne sont pas de celles qui rassurent. Que faire des émotions qui n'existent que dans mes souvenirs ? Quelle vérité dans ce fatras ? À ce moment de ma vie, peu de choses comptent, hormis Carlotta et notre terre, l'enfance qui ne nous quitte pas.

Mon bagage est mince, une urne funéraire coincée sous le bras et dans une main, une peinture sans prix.

Je m'apprête à traverser une zone d'ombre, le lac la nuit. Tout va bien, puisque j'ai l'assurance de l'aube à venir.

— Toujours avec tes tableaux ?

— Salvatore !

— Qui d'autre ? Carlotta m'a envoyé en éclaireur. Je n'aurais laissé personne te faire traverser le lac. On t'a attendu assez longtemps. C'est tout ce que tu ramènes ?

— C'est ce que j'ai fait de mieux.

— Le tableau, c'est pour Carlotta ?

— À ton avis.

— Elle te plaît toujours ? Ah ! Dino, c'est qu'on vieillit tous, Carlotta aussi. Elle est en granit, cette femme, un bloc. Pour gratter faut autre chose que des ongles. Quand même… il y a un étranger, il m'a tout l'air de l'avoir entamée. Les filles de l'île devenaient bêtes devant lui. En voilà un qui n'a pas dû tenir souvent des rames… les mains cousues dans les poches, je te dis. Pense un peu, le jour où Carlotta se décide à se jeter à la tête d'un homme, il fiche le camp. Elle ne montre rien mais depuis je lui trouve des yeux de poisson mort.

— Je le connais ?

— Tu demanderas à ta belle. Tu vas la trouver changée. Carlotta est éteinte, en même temps, elle brûle. Faut faire attention.

— Elle m'a envoyé une lettre. Une lettre écrite à un autre, je crois. Cet homme est parti il y a longtemps ?

— Ça veut dire quoi « longtemps » ? S'agissant de lui, j'ai bien l'impression que pour Carlotta « longtemps » se compte en secondes.

— Elle est mal à ce point ? Je vais aller le trouver. Il habite où ?

— Je ne suis pas sûr que Carlotta le veuille. On espérait ton retour, on s'inquiète pour elle. On a tout essayé, à ton tour de l'aider.

— J'espère ne pas arriver trop tard.

— Je t'en ai voulu, Dino, de ne pas être à l'enterrement de ta mère.

— Pourquoi revenir quand tout est fini ?

— Pourquoi, pourquoi... À ce compte-là, on passe sa vie à se poser des questions et à s'interroger. Autant rester chez soi, tu ne crois pas ?

Une brume monte des eaux, le ciel a commencé sa mue. L'eau dormante appelle le silence, rien ne bouge, seule la lueur émeraude d'une courte vague roule dans une gerbe pâle. De la minute où j'ai posé un pied sur cette barque, mes yeux ont plongé dans un vide, comme si je ne pouvais plus rien voir d'autre autour de moi.

Je suis l'unique passager d'une barque et de son rameur muet avalés par les ténèbres. Je suis cet homme poursuivi par un bout de terre. L'oubli efface, la mémoire transforme. Que va-t-il rester de tout cela ?

Une ombre se détache de l'horizon, plate, massive, elle envahit le lointain, je devine des contours. Des formes se détachent et avec elles, des rires clairs, un écho vieux de trente ans... Si je n'entendais pas nos rires d'enfants, le rire du Dino d'aujourd'hui sonnerait-il moins faux ?

Avec Salvatore, il y avait la pêche et il y avait le silence. L'aube se levait, on y entrait sans bruit. Le silence parlait pour nous. Il racontait l'amitié solide, la pudeur d'une affection, le plaisir à se voir grandir dans l'autre. C'est simple, avec nos rires, nous mettions de la couleur dans ce qui était limpide.

Ma mère et son père, leurs rendez-vous imparfaits finalement fidèles, nous n'en parlions pas. On ne voulait pas que leur histoire s'arrête, elle faisait de nous une sorte de frères.

Vient un matin, on a beau ne pas s'être vu depuis longtemps le moment de parler est venu.

— Hé oh, Dino ! Tu reviens sur terre ? Les carpes sont plus bavardes. Quelle idée aussi de se balader avec un mort sous le bras.

— Et toi, Salvatore, est-ce que tu es bien accompagné ? Tu as une femme ? Des enfants ?

— Bien sûr. Renata, la fille de l'instituteur.

— Celle qui attachait ses cheveux avec un foulard ?

— Oui. C'est drôle que tu t'en souviennes, même moi je l'avais oublié.

— Je trouvais ça élégant.

— Pendant que tu faisais les yeux doux à une gamine, je m'attaquais à du gros poisson. Ça a pris du temps, Renata a dix ans de plus que moi. Un môme de dix ans et une demoiselle de vingt ans, il a fallu patienter, j'ai fini par l'avoir, je la garde. Une peau moelleuse… on s'amuse bien, tu sais, même avec trois gamins dans les pattes.

— Trois ! Tu pourrais presque m'en donner un !

— La faute à la *lucia.* Un coup de rame et tu es à l'abri des regards, comme qui dirait dans un lit flottant. On en profite, ce sont de bons moments. Il ne faut pas les louper.

— Il y aurait tellement de choses à ne pas louper.

— Tu viens retrouver Carlotta ou l'île ?

— C'est un peu pareil. Tu ne m'as jamais dit, Salvatore, elle te plaisait Carlotta ?

— Pourquoi tu demandes ça ?

— J'ai envie de parler d'elle.

— Pour moi, Carlotta n'a jamais été une femme. Une petite fille avant sa brûlure et après une moitié de quelque chose. On s'entend bien. Avant que ce gars ne débarque, elle restait joyeuse. C'est une courageuse.

— Elle est belle ?

— Tu as de ces questions ! Elle a perdu un bras, tu as oublié ? Elle est mutilée. Quand on la regarde, c'est comme le lac avant l'aube, on se tait.

Salvatore a raison, le silence vaut tout. Mon camarade a gardé sa tignasse, ses cheveux plantés bas sur le front qui lui font un air renfrogné. Je reconnais ses mains, des mains trop larges pour un gosse, idéales pour un pêcheur, comme s'il était né avec des pognes déjà prêtes à vivre dehors, à ravauder des filets à longueur d'année. Derrière nous, le soleil surgira bientôt. Une flaque de lumière qui noie tout, plus rien ne nous reliera au continent.

L'île qui commençait à apparaître s'effacera le temps d'un éblouissement.

L'air est saturé d'or, j'ai sur la nuque le souffle tiède du soleil. Le vent se lève, *breva* le jour, *tivan* la nuit, une caresse humide qui prend les lèvres d'un frais baiser.

La surface du lac se recouvre d'une petite peau semblable à celle du lait.

Le vent crée des fleuves imaginaires, bras entremêlés et tortueux sous la barque.

À cette heure, on n'entend que les oiseaux, les plumes lissées par la rosée. Les dizaines de paons blancs en liberté sont-ils restés ? À se hausser du col, ces bêtes respirent le mépris sans qu'on puisse le leur reprocher, leur cri mi-animal, mi-humain n'alarme pas, il étonne.

Je ne cherche pas le toit d'une maison mais un chêne. Carlotta y grimpe-t-elle encore ? Nous y étions un peu chez nous. Suspendus à quelques mètres du sol, nous osions davantage.

— Tu prends les rames, Dino ? Sûr, tu ne veux pas ? Lâche un peu ta boîte. On commence à voir des urnes au cimetière, manque de place sous terre. Notre île comptera bientôt plus de morts que de vivants. Les vieux résistent mais la jeunesse fout le camp.

— Traverser le lac, c'est l'essentiel de tes journées, non ?

— Je ne pose jamais le pied sur l'autre rive. Mes affaires, je les fais en restant à bord de la *lucia*. Pas un ne ramène plus de poisson.

— L'*agoni*. Le poisson cuit entre deux feuilles de laurier.

— Qu'est-ce que tu pouvais être lent à les trier. Les plus petits s'asphyxiaient à attendre que tu les rejettes. J'en ai pour le petit déjeuner, tu en veux ?

— À six heures du matin ! Comme avant. Finalement, rien ne change vraiment, j'ai besoin que rien n'ait changé.

— Ne t'emballe pas, surtout pour Carlotta. Ce gars nous l'a changée.

— Il en vaut la peine, ce malheur ?

— Je ne crois pas que le malheur vaille quoi que ce soit. Carlotta est seule. La venue d'Andrea, ça a été quelque chose pour elle, comme si cet homme était tous les printemps. Sauf que lui aussi a passé.

Andrea. La lettre que j'ai reçue est adressée à un *adoré adoré*. Pourquoi pas Andrea. Un nouveau silence s'installe. Celui-là, j'aurais préféré ne pas l'entendre autant. Carlotta me revient sous la forme d'une boule à l'estomac et l'*agoni* a du mal à passer.

Lorsque Salvatore m'a appris comment Carlotta gagnait sa vie, je suis resté stupéfait. Inventrice de souvenirs, elle invente des souvenirs. Au fond, quel autre métier pour elle ? Elle s'est taillé un travail sur mesure, elle aurait sa petite réputation. Comme sa mère avec le chant, les clients de Carlotta sont des habitants de l'île et d'autres comme Andrea venus du continent. Le premier, le seul à en croire Salvatore, à l'avoir séduite.

Carlotta a développé son imaginaire, au point de se trouver un talent pas banal, elle vous nettoie une mémoire et produit du souvenir à la demande. Elle appelle ça une *souvenance.*

Elle a fait ses débuts avec ceux du village. Salvatore, en tête. Avec elle, dit-il, on navigue sur les lointains. Lui avait des envies de football que notre île ne peut satisfaire. Le terrain prévu pour le ballon rond n'a de terrain que le nom. On risquerait de s'y fouler une cheville, il est bon pour les taupes. Quand Carlotta a voulu offrir à Salvatore une *souvenance* pour le poisson qu'il lui donne, il a opté pour le football et le *catenaccio*, le jeu fermé de notre équipe nationale. Carlotta lui fabrique les souvenirs d'une Italie au jeu flamboyant. Me disant cela, il a un air gamin, l'air de mon ami d'enfance. Carlotta invente pour lui des derbys d'anthologie et Salvatore voit dans ses poissons des ballons.

Les envies puissantes ne gagnent pas forcément à exister réellement.

Carlotta entre dans les mémoires. Une poussière encrasse une tête ? Elle donne un coup de balai. Une impasse ? Elle trouve une issue. Un sens interdit ? Elle fonce. Un stop ? Elle le brûle. De cette poussière, Carlotta fait des particules d'or suspendues dans la lumière.

Son imagination, son infirmité, un cœur vulnérable et impénétrable, lui assurent une clientèle fidèle.

Carlotta est une rebouteuse de l'âme. On lui prête des pouvoirs. Son bras en moins contre une force occulte. Elle profite de la relation singulière qu'elle entretient avec le réel. Le bras coupé lui procure une adhésion quasi naturelle de ceux et celles venus chercher un baume à leur vie bancale. Elle profite de l'engouement pour l'île, sa plénitude, un lieu hors du temps. Certains clients viendraient avant tout pour la villégiature.

La mutilation et une mémoire à trous, voilà ce qu'elle aura récolté avec l'accident. Une mémoire qui sélectionne ses souvenirs et raye ceux qui pourraient la meurtrir. Nous l'avions vite remarqué quand la petite fille était revenue après un an de soins hors de l'île.

Contrairement à moi, Carlotta n'a pas arpenté le monde, ne s'y est pas frottée. À quoi bon, puisque d'un bout de terre flottant, elle fait un territoire sans frontière. Carlotta interroge les nuages, bavarde avec le vent et dans un seul rivage, elle a trouvé un monde. « Faut-il partir ? Rester ? Si tu peux rester, reste ; pars, s'il le faut. » Ces vers de Charles Baudelaire auraient pu être écrits pour nous.

— Ce tableau et ton mort ne sont pas trop lourds à trimballer ?

— Ça va.

— Tu m'as donné une peinture, autrefois, un bouquet de fleurs sauvages. Tu avais saupoudré de poivre les pétales d'une des fleurs, pour faire éternuer tous ceux qui le regarderaient de trop près. J'ai beaucoup amusé mes gamins avec. Tu gagnes des sous avec ta peinture ?

— Mes pinceaux ne font plus éternuer grand monde. Mais bon, je sais me vendre.

— Tu peins à la demande ?

— Ça m'arrive. Je peux peindre des tempêtes pour les romantiques, des couchers de soleil pour les clubs de vacances. Tout ce qu'on voit, je peux le peindre.

— Et ça ne te suffit pas ?

— Oh non. Je voulais peindre ce qu'on ne voit pas.

— Ça te servirait à quoi de peindre ce que tu ne vois pas ?

— À rien, à tout, à vieillir.

— Elle me va à moi ta peinture. Ce qui me plaisait, c'étaient tes ciels, ils étaient… je les voyais… mangés par le visage de Carlotta. Elle était dans tous tes tableaux. Et le lac, tu en faisais… quelque chose. Tu m'as appris à regarder Dino. Après, je pouvais rester des journées sur la *lucia* sans m'ennuyer.

— Ce serait bien d'y arriver.

— À quoi ?

— Être un meilleur peintre.

— Pourquoi meilleur ? Ce qui compte c'est d'être juste. Tu es comme nous tous, Dino, tu as besoin d'une ancre. Que ce soit l'île ou Carlotta, la tienne est peut-être ici. Il te faut juste encore un peu de temps pour le comprendre.

Seul un tableau pourra effacer tout ce qui a été manqué. C'est ce que j'ai tenté de faire avec celui que je rapporte. Aucune de mes peintures avant celle-là ne méritait d'être achevée. J'ai peint ce tableau pour qu'un homme puisse regarder sans crainte au-dessus de son épaule. Je rougis, le soleil est trop bas pour y être pour quelque chose. Les tâches grenat et violette des bougainvillées ont grossi, les premiers toits apparaissent, certaines maisons se sont enfoncées dans l'eau. On ne sait pas où s'arrête le lac.

Salvatore a carrément arrêté la barque. Je le crois capable de faire attendre le jour. C'est un homme qui choisit son heure, le temps ne lui fait pas peur, c'est là une grande force. À l'écouter, je devine l'argent qui manque, le travail qui ne manque pas. Renata, sa femme phare comme il l'appelle, même si à l'occasion il se dit prêt à taquiner certaines touristes.

Salvatore dit vrai, Carlotta a longtemps été mon seul modèle. Mes premières esquisses sont celles d'une petite fille que je prenais pour femme dans le désordre de mes nuits d'enfant.

Quand j'ai commencé à peindre, j'avais l'espérance des commencements, on se convainc à moins d'un talent.

Entre onze ans et quatorze ans, j'ai vécu parfaitement. Ces années sont mon socle, il peut bien être en miettes, les heures heureuses où une petite fille si sage, si droite, se prêtait à mon rêve ne se perdent pas.

Carlotta mutilée, je n'ai plus pu la peindre. Une âpreté l'avait envahie, je m'y cognais. Il y avait une épaule à gommer et tout ce qui va avec, un bras, une main, je devais dissimuler un vide et il me semblait ne plus voir que cela. En échouant à la peindre, j'avais l'impression de l'estropier une nouvelle fois. Je m'entêtais, cette lutte avec mon modèle m'épuisait, elle m'a vidé de mon désir. Nous n'étions pas dupes. J'aurais pu devenir méchant si Carlotta elle-même n'avait décidé de mettre fin à nos séances de pose.

En quittant l'île, je me suis donné la possibilité de nouveaux modèles, d'autres sujets. À seize ans, avec du culot et un petit estomac, on séduit facilement, on avance. J'ai continué à peindre, j'ai vécu dans des pays de soleil, une nouvelle ombre accrochée à mes semelles, une ombre tronquée.

Je sais une chose, une gamine m'a fait les yeux doux, je m'y suis perdu, j'ai disparu.

Même carrée, une île est toujours ronde, elle est un point, un grain de beauté.

Salvatore parle de l'île qui résiste, ne se laisse pas polluer. Nous entrons dans l'été, la saison des fous, les touristes. On peut aller n'importe où sur cette planète, ils fonctionnent à l'identique. En rois du numérique, ils capturent des images qu'ils ne regardent pas. Ce que me dit Salvatore de notre village me réconforte. Sur notre île au moins, les étoiles ne sont pas accrochées à une enseigne lumineuse mais bien plus haut. Observer les étoiles réclame de rester loin des villes, presque de se perdre. Quand les yeux rencontrent leur lueur, on est sans âge, on est dans la lumière au plus fort de la nuit.

Salvatore est formel, je ne dois pas attendre d'effusions de la part de Carlotta, c'est comme s'il éprouvait le besoin de m'avertir. Suis-je encore prêt à consoler une enfant qui n'est plus une enfant ? En suis-je capable ? Qu'a-t-on à donner quand on se sent étranger à soi-même au point d'avoir le sentiment de ne pas se connaître ou, ce qui revient au même, de trop bien se connaître ? Je suis si peu celui que j'aurais voulu être. Quand je m'intéresse à quelqu'un, c'est d'abord pour moi, je pratique une générosité intéressée. La compassion n'est pas mon fort. Quand je donne une pièce à un môme, ce n'est pas pour lui, je veux juste la paix.

Nous accostons. Je ne m'attendais pas à ce quai flambant neuf. Salvatore n'aurait-il pas un peu exagéré avec son couplet sur l'authentique ? Mon camarade est déjà retourné à sa pêche. Soigne ta *lucia*, Salvatore, ta barque et toi êtes pittoresques, cela vous sauve. Jusqu'à quand ? On bétonne et après on s'étonne d'un enlaidissement généralisé. Ceux d'ici, que transmettent-ils à leurs gosses gavés d'Internet, élevés au satellite, néanmoins isolés et retirés du monde ? Que faire d'une terre qui tangue ? Tous les goûts, dit-on, sont dans la nature. Rien n'est moins vrai. Passé cinquante ans, toutes les femmes se ressemblent, croupes de pouliche et bouches pneus. On croirait leurs joues gonflées aux hormones de moustiques.

D'autres pêcheurs vont rejoindre Salvatore. Pas un ne me reconnaît. Je fais le touriste, je baisse la tête, personne ne s'en plaint, il y a du travail et la matinée ne dure pas tout le jour.

Je me sens un peu perdu, mes doutes montent d'un cran. Attention Dino, à courir après le passé, tu pourrais trébucher. Pose-toi, tu y es sur ton île, la nuit est derrière.

Quand on a poussé dans une nature exubérante, on est un peu cette luxuriance. Ici, l'air ne s'avale pas, il se mâche. Au printemps, les fleurs des magnolias font une écume, les palmiers côtoient les bambous, les sapins, les cyprès. Les platanes au tronc pelé, sont d'immenses candélabres aux feuilles flammes. Leurs longues branches penchées au-dessus de l'eau reflètent un feuillage comme poussé du lac. L'hiver, de jeunes pousses prises dans le gel remplacent d'anciennes feuilles mêlées à la terre. Certains jours de janvier, la neige tombe. J'observais les flocons toucher le sol, purs avant de fondre et d'ajouter à la boue. Le front appuyé aux troncs mouillés, j'étais bon pour une écharde, trop heureux de capturer l'odeur humide, vivante des arbres.

Nous sommes entrés dans l'été et pas une fois cette année je n'ai touché un arbre. Qu'importe, le vent ressuscite des odeurs et je découvre ce qui m'a manqué.

J'approche des premières maisons. À l'exception des pêcheurs, nul n'est encore levé.

D'abord le cimetière, j'ai une mère à saluer. À l'entrée, il y a toujours cette poubelle à ciel ouvert, pleine de papiers transparents, rubans, vases en fin de course et… de fleurs sauvages. La vie au milieu de ce qui est voué à pourrir, des graines germées de plantes fanées dispersées çà et là.

Les tombes ont poussé comme des champignons, avant mon départ, le caveau communal était loin, à l'écart, je le retrouve cerné de pierres tombales. Ça va être simple de trouver ma mère au milieu d'une jungle de plâtre, de granit et de marbre ! Je reconnais des noms, vérifie des dates, même ici, je ne suis pas un étranger.

C'est tranquille. On repère vite ceux qui négligent leurs morts, les peintures écaillées, des pots ébréchés, les fleurs desséchées. Des barques font office de tombes, des pêcheurs qui veulent être enterrés avec leur *lucia*, enfin dessous. On pourrait lever une flotte.

Enfant, le mur du cimetière me paraissait infranchissable, j'étais curieux de la mort et trop petit pour voir au-dessus. Je ne voulais pas pousser la porte, il aurait fallu entrer. J'ai commencé à avoir de drôles de pensées, choisissant autour de moi ceux qui pourraient mourir. Je me disais qu'à un enterrement, je me sentirais moins seul au milieu des tombes. J'écartais mes camarades de classe, penchais pour un adulte. L'imagination ne fait pas tout, j'entre pour la première fois et c'est pour toi, ma mère.

Je cherche ta tombe, guette notre nom. Je la trouve plus vite que je ne croyais, c'est la plus sobre. Avec sa dalle de marbre blanc, ta tombe tranche. Le caveau qui jouxte le tien est un monument de laideur hérissé de phrases imbéciles. Je m'improvise jardinier, arrache les mauvaises herbes, arrose. À travers la rouille, un robinet crache un maigre jet d'eau, je suis bon pour le bain de pieds sans avoir encore mis un orteil dans le lac. Tu voulais un abri propre et solide, j'ai envoyé un chèque pour y ajouter un peu d'élégance. Elle te faisait hausser des épaules, tu avais tort, elle te va bien.

Tu n'aimais rien tant que répéter : « Née ici, ensevelie ici. » Comme une menace ! Combien de fois, je te l'ai entendu dire. J'avais beau t'assurer que tu ne risquais rien à t'éloigner quelques semaines, tu ne voulais rien entendre. Comme si traverser le lac, c'était déjà passer de vie à trépas. Ce que tu as pu me soûler avec ta concession au cimetière, une obsession. Tu me décrivais dans le détail un pauvre carré de terre, « le nôtre », insistais-tu. Chaque semaine, tu vérifiais que personne n'ait fait main basse sur ton emplacement. Tu n'étais pas morbide, tu voulais marquer ton attachement viscéral à cette terre. Tu es la première à avoir compris que je vous quitterais, l'île et toi.

Je n'ai pas demandé ton avis, je suis parti à l'âge où les garçons traînent encore dans les jupes de leur mère faute de soulever les robes des filles.

Avec toi, pas besoin de me justifier, de rassurer, j'en ai profité. J'ai agi à ma guise, certain de te retrouver. Il ne faut pas défier le temps. Tu me manques et il ne s'agit plus de milliers de kilomètres entre nous.

J'ai déboulé dans ta vie. Au début, j'ai été cette catastrophe trop bien accrochée. Tu te faisais l'effet d'une dinde farcie. J'étais tout sauf un cadeau, tu me l'as assez répété. La tendresse n'était pas ton fort. Mon père, tu l'as pris avec, tu ne voulais pas d'un bâtard. Tu as même accepté la comédie du mariage pour un bout de chou vagissant. Mon géniteur était le premier à boire, pour le reste il était à la traîne.

Tu trouvais notre maison trop petite, on ne pouvait écarter les murs, les repeindre oui. Tu y as été franchement, des litres de rose vif, à l'intérieur comme à l'extérieur. On devenait visibles. Tu ressemblais à nos murs, les joues couperosées, tes mains rougies par la lessive des autres. On n'abandonne pas une fille de l'île. Ceux du village aidaient comme ils pouvaient. Tu enchaînais les ménages, devenue championne du repassage. Pas un village de pêcheurs n'a eu autant de cols amidonnés. Cette solidarité n'était pas une aumône, tu travaillais dur. Tout ce linge soigné était un luxe pour ceux d'ici, j'étais fier de ma mère. Mon père, je m'en méfiais. Pris de boisson, il n'avait de cesse de me coincer, c'est tellement facile de se défouler sur un enfant. Tu ne me défendais pas. « J'ai trop à faire », m'as-tu asséné une fois que je t'en faisais le reproche. Je préfère penser qu'en laissant cet homme me frapper, tu te disais que j'y gagnerais en endurance.

Je n'étais pas malheureux. Avec la nature, j'avais un terrain de jeu sans limite, surtout, j'avais mes couleurs. Un tube de gouache, deux ou trois pastels, assez pour déguerpir dans un royaume arc-en-ciel. Déjà, le plus loin possible.

La mère de Carlotta et toi aviez un point commun, pas plus : vous avez élevé seules votre enfant. Pour Carlotta, sa mère a été jusqu'à trouver un homme hors de l'île, histoire d'avoir la paix. Tu enviais celle qui avait su faire l'économie d'un mari. Décidément, les bouteilles sifflées par mon père ne passaient pas. À observer la mère de Carlotta, libre d'élever à sa guise sa gamine, tu en as conçu une envie, bientôt une nécessité, et mon père fut prié d'aller boire ailleurs. Dans la foulée, tu t'es offert une paire de trompes ligaturées. Je n'ai jamais pensé que mon père vivait encore. S'il réapparaissait, il m'encombrerait.

On entend parfois : les femmes sans homme sont dangereuses. Si un fils leur naît, il n'aura pas trop de toute une vie pour s'en remettre. C'est un peu exagéré. Tu étais ce que l'on appelle une femme facile. Même si tu as toujours avoué un faible pour lui, le père de Salvatore était un pêcheur parmi d'autres. Était-ce trop aimer les hommes ou les mépriser, je n'ai pas tranché.

Même si je n'en ai rien montré, ton impudeur me gênait. Ta dureté, j'ai appris à faire avec mais la fornication derrière une cloison trop mince, tes seins à l'air, la porte des WC toujours ouverte, je m'en serais bien passé. Voilà, c'est dit.

Nous étions différents. À t'écouter, tu n'avais pas une minute pour rêver. Le dimanche, tu te posais sur une chaise devant notre maison rose, fin prête pour une causette avec le premier venu. Tu connaissais les habitants de l'île sur le bout du doigt, une vingtaine de familles tout au plus. Chaque semaine apportait sa confidence, un rebondissement, tu te régalais. Je peux en témoigner, tu étais une tombe.

Je recherchais ta tendresse, je me pressais contre toi, tu détestais ça, tu te raidissais. J'avais trouvé une astuce. Tu ne supportais pas de me voir les cheveux dans les yeux alors je tirais sur ma frange comme un forcené, je l'aplatissais pour qu'elle tombe plus bas. C'était un geste au moins, ta main agacée pour écarter ma mèche. Je faisais des réserves de cette fausse caresse et gardais pour longtemps la sensation de tes doigts effleurant mes sourcils. Ne t'en fais pas, on ne me collera pas à toi dans ce caveau, tu serais encore capable de me rabrouer.

Il aura fallu ma traversée cette nuit pour me décider à te parler.

J'ai aimé commencer ici avec toi mais je dois y aller. La clé sera suspendue à son clou et j'entrerai chez nous. Avant de m'attaquer à la maison de nos voisines, j'ai besoin de me poser cinq minutes en terrain neutre.

Ce sont toujours les mêmes ruelles étroites, sans trottoir, qui obligent à avancer de biais. Tassé sur lui-même, le village a grandi en dérobant un morceau à une terre aux bords liquides. Malgré l'humidité, le rose improbable de notre façade a tenu. Notre toit continue à pousser dru, du gazon dans le ciel, des graminées, là encore soulevées par le vent, prospèrent entre les tuiles.

La clé est bien accrochée à son clou, j'ai toujours eu du mal avec notre serrure, ça t'agaçait. Te sentir piaffer derrière moi me rendait encore plus maladroit.

Morts ou vifs, les fantômes ont la peau dure. Je fais un pas dans le couloir et c'est l'enfance qui m'attrape. Je renifle un début de salpêtre entre les encoignures, il a toujours été là, bien plus qu'une moisissure, je respire le parfum d'une vie passée entre ces murs, celle d'une femme, mère d'un seul, amante de quelques-uns. Ton odeur a résisté au temps : la lessive sous les ongles, toute une cuisine dans tes cheveux, une eau de cologne bon marché.

Je ne t'ai pas écrit, pas une fois, même pour Noël ou les anniversaires. Nous ne nous étions jamais parlé, je pensais que c'était trop tard pour les mots. Je l'ai trouvé bref, le télex m'annonçant ta mort. Tu as toujours eu une adresse, où m'écrire. Au cas où... Carlotta l'aura trouvé.

Tu ne m'as pas demandé de revenir, ni alerté, à la fin, tu as réclamé une photo. Tu voulais quoi ? Une preuve de mon existence ? Elle est là, punaisée sur une de mes peintures d'enfant, ton fils plus âgé que tu ne l'étais quand j'ai quitté l'île. Je n'ai pas connu ton visage ridé, est-ce pour cela que tu auras éprouvé le besoin de voir la marque du temps sur le mien ? Sur cette photo, je souris mais ce n'est pas toi derrière l'objectif, pas toi que je fixe dans les yeux. C'est une photo pour te dire que tu n'es pas près de me revoir. Je croyais te violenter, t'obliger à la ranger dans un tiroir, la photo règne dans l'entrée, décidément, on ne te dictait rien.

Tu n'as pas touché à ma chambre, rien n'a bougé, ni l'ours polaire, confident en peluche au pied de mon lit, ni la brosse à dents rose assortie aux murs. Il y a toujours le pichet rempli de mes pinceaux, je suis sûr de trouver mes dessins d'enfant dans la valise rangée au-dessus de l'armoire. Au moment de partir, j'ai passé une nuit entière à leur dire au revoir. Les mots dont j'étais incapable pour Carlotta, je les ai eus pour ses portraits.

La chambre d'un enfant est sacrée tant qu'il n'est pas devenu assez grand pour s'en passer. Il me semble que si je m'allongeais sur mon lit, le matelas m'avalerait. J'ai l'impression d'être en morceaux, des morceaux impossibles à assembler.

Le rideau d'en face est tiré, plus de gamine ensommeillée livrée à ma concupiscence. Qu'est-ce que j'espérais ?

Le temps de ressortir dans la rue et le rideau de nos voisines a disparu. Je distingue une silhouette assise derrière la fenêtre. Carlotta ou sa mère. Ai-je vraiment envie d'entrer dans leur clair-obscur, d'en percer l'ombre ?

Je suis comme un chien à l'arrêt devant sa proie même si je me fais l'effet d'être le gibier. Celle derrière sa vitre est encore plus immobile que moi. Ça dure trop longtemps, assez pour sentir la sueur couler le long de mon dos quand l'air matinal est si vif.

Je frappe, personne ne répond, au moment où j'ouvre, une blonde peroxydée me bouscule pour entrer elle aussi. La porte du salon est fermée. La jeune femme doit penser que je suis ici pour une *souvenance*. Elle se tient devant la porte du salon, prête à défendre sa place. Perchée sur des talons de vingt centimètres, elle porte un short à peine plus grand qu'une culotte, ourlé de perles s'il vous plaît.

J'aurais préféré retrouver Carlotta en tête-à-tête. Je vais me trouver un coin où patienter. Je regarde autour de moi avec la sensation que quelque chose ne va pas. Comme si la maison était abandonnée.

Si Carlotta est dans le salon, ce devait être sa mère derrière la fenêtre. J'ai faim, je trouverai bien quelque chose dans la cuisine. C'est quoi cette pagaille !

L'évier rempli de vaisselle sale, des restes d'un repas qui ne date pas d'hier, des fruits trop mûrs, une eau fermente dans un vase sans fleurs. Pas une chaise de libre. Là, des piles de journaux qui n'ont pas été ouverts, sur le dossier d'une autre, un manteau de laine comme si, même chez elle, celle qui le portait grelottait.

Il y a une odeur aigre, certainement ce chapelet d'oignons moisis. Pouah ! On est loin du temps où la mère de Carlotta, qui détestait les odeurs de cuisine dans la maison, nous passait un savon pour avoir oublié de fermer la porte.

Je repère le tiroir à bonbons ; à l'âge des caries, les sucreries ont un goût de paradis. J'étais trop petit alors pour voir à l'intérieur du tiroir. Je me hissais sur la pointe des pieds, le bras tendu. J'y allais par poignées, attrapant sans les voir une montagne de friandises. Je les donnais comme si c'était moi qui les y avais mises pour elle. J'adorais croire à un tiroir où puiser sans fin. La mère de Carlotta ne mettait aucune limite, nous avions là un trésor inépuisable. Les poches pleines, nous montions dans la chambre de Carlotta pour procéder au partage. Nous passions des heures à nous gaver consciencieusement, calés sur des oreillers, les paumes gluantes, la langue colorée à force de sucer ces cochonneries, l'estomac au bord des lèvres.

Nous apprendre à être déraisonnables était le grand principe d'éducation de la mère de Carlotta. Comme j'ai pu l'aimer pour ça. En toute chose, disait-elle, il faut de la malice et une bonne dose de légèreté.

Après nous être écœurés de sucre chimique, nous avions droit à sa spécialité : le volcan interdit. Un dessert qui lui ressemblait, à la fois simple et sophistiqué. Des figues de l'île percées d'une gousse de vanille préalablement fendue pour libérer la poudre parfumée. Une entaille au col du fruit permettait de le fourrer de miel de bruyère, d'un cerneau de noix, d'une pincée de cannelle et pour finir une goutte de citron. Vingt minutes au four, on le mangeait à même la gousse. Avec la mère de Carlotta, on était gourmet et gourmand.

Je n'aurais pas dû ouvrir le tiroir, plus un bonbon mais des médicaments par dizaines.

Le chemin d'hier à aujourd'hui risque fort d'être pavé d'autres déceptions. J'étais mieux dans l'entrée.

La blonde n'est plus là à monter la garde, elle a dû commencer sa séance. Je colle l'oreille à la porte du salon. Cette jeune femme est venue chercher le souvenir d'un prix d'interprétation à Cannes ! Elle risque fort de ne jamais voir les marches du Palais de plus près que de la chambre d'hôtel d'un producteur. Certains appellent ça un bout d'essai. On croit avoir trouvé un moyen mais on est loin du but. Le talent compte si peu. Je connais ce piège. À mes débuts, j'ai vu partir vite et cher mes toiles, au point d'oublier que la peinture était un but, non un moyen.

J'entends Carlotta, je n'écoute pas ce qu'elle raconte, j'écoute sa voix, un murmure essoufflé. C'est une voix apeurée, tendue, une voix profonde ou plutôt une voix qui revient de loin, de profondeurs dangereuses où respirer devient difficile. Une voix qui retient ses larmes, au timbre sourd comme après l'amputation. Sauf que cela a empiré. La voix que j'entends serait un écho grinçant de celle d'autrefois. Celle qui parle derrière la porte semble ailleurs, elle n'est pas dans la pièce, peut-être même plus dans son corps. C'est la voix d'une femme brisée. Une femme qui entretiendrait sa douleur, la conserverait jalousement, jusqu'à en être dévorée. Salvatore a raison, cette femme va mal. Nous ne nous sommes pas encore vus mais son angoisse circule déjà dans mon sang.

Carlotta s'est tue, je n'ai que faire du babillage de sa cliente. Je ne suis pas fier d'écouter aux portes. Encore une minute et je collais mon œil à la serrure. Je vais aller dire bonjour à sa mère.

Aucun son en haut, rien, il y avait un parquet qui craquait dès qu'on y posait le pied.

L'escalier ne vaut pas mieux que la cuisine, le laisser-aller a envahi la maison. À mesure que je monte les marches, je soulève des moutons de poussière, je vois des miettes, même des plumes, aucune envie de les ramasser. Il y a des cheveux dans les rainures et des mouches crevées.

Dire que cet escalier reluisait. Combien de fois je me suis laissé glisser sur la rampe, la mère de Carlotta disait préférer mes fesses au plumeau ! Elle nous mettait à chacun un chiffon dans les mains, c'était à celui qui cirerait le plus de marches. On ne faisait pas le ménage, on s'amusait.

L'ampoule a rendu l'âme, on ne croirait pas que dehors il fait jour. Je reconnais l'horloge en haut de l'escalier, elle n'a jamais sonné. Carlotta et moi guettions le moment où les aiguilles atteindraient midi, pour faire le coucou à deux voix. Elle me plaisait, cette horloge bonne à faire l'oiseau, une horloge pour décider de l'emploi de son temps.

Je n'ai pas la moindre idée de ce que la mère de Carlotta trafique dans sa chambre, peut-être s'est-elle rendormie. Je vais doucement, je frappe, c'est une voix d'homme qui me répond.

— Dino ! C'est bien toi ?

Le docteur cabinet comme le surnommait Carlotta. Le médecin de l'île. Il a blanchi mais a toujours son bon sourire sur le visage comme si quel que soit le diagnostic, il fallait rassurer. Une seule fois, j'ai vu son sourire s'effacer. Il courait après un brancard de fortune sur lequel gisait, il était le premier à l'avoir compris, une grande brûlée.

— Je me suis endormi. Trop de veilles, trop de malades. Alors, tu es de retour ?

— Il paraît. Salvatore aurait pu me prévenir… je ne savais pas, que lui est-il arrivé ?

Je n'aurais pas reconnu la mère de Carlotta. Je ne m'attendais pas à ce regard absent, à ses deux pupilles aveugles. À quoi se réduit-on ? Un tube digestif, un peu de cervelle, une poignée de viscères et un lot d'artères. Un grain de sable et tout fout le camp.

— La leucodystrophie. Les premiers symptômes surprennent : des chutes, une désorganisation du langage. Après, ça va vite, faiblesse musculaire, le système nerveux détruit, la cécité. Aucun traitement ne peut en venir à bout. Un adulte n'a aucune chance, notre malade a atteint le point de non-retour.

— Elle nous entend ?

— Je ne sais pas. Son corps n'est pas loin d'être mort mais j'ai parfois l'impression de surprendre un signe… quelque chose… sur son visage. Je ne suis pas sûr qu'il faille le souhaiter.

Carlotta, me dit le docteur, tient à ce que l'on parle le plus possible à sa mère, elle veut à tout prix lui éviter un tête-à-tête avec un cerveau bousillé. La fille a été exemplaire, insiste-t-il, la mère n'a manqué de rien. Ce n'est pas facile, un corps vidé de soi, c'est lourd et fragile. Je remarque que dans la chambre le ménage est fait, la pièce rangée. Tenir la malade propre, la nourrir, aérer, changer les draps, Carlotta refusait qu'un autre s'occupe de sa mère. Refusait ? Pourquoi le docteur parle-t-il au passé ?

— C'est à cause de cet homme, Andrea, sa venue l'a chamboulée. Au début, tout allait bien, il aidait Carlotta, ils n'étaient pas trop de deux pour prendre soin de sa mère. On a tous vu qu'elle était tombée amoureuse de lui, certains disent qu'il l'a séduite puis abandonnée. En tous les cas, depuis son départ, Carlotta n'a plus voulu venir dans la chambre de sa mère.

— Comment ça ?

— Nous avons essayé de lui parler, Salvatore, sa femme, moi bien sûr ; rien à faire, elle s'obstine et dépérit.

— Ce n'est pas elle la malade !

— Crois-le ou non, Dino, je m'inquiète davantage pour la fille que pour la mère. Ce n'est pas humain ce qu'elle s'inflige. Elle a la fièvre, des yeux brillants, illuminés. Elle ne mange pas, ne dort pas, elle refuse de se soigner, de s'alimenter. Je ne sais pas comment tout cela va se terminer.

— Je ne savais pas que c'était à ce point.

— Même le curé n'a plus assez de prières. Ça nous a tranquillisés de te savoir en route. On se relaie mais ça ne suffit plus. On ne peut pas laisser sa mère seule. Carlotta ne parle à personne sauf pour inventer des souvenirs à ses clients. Elle s'enferme dans son salon et puis elle file dans l'île.

— Vous êtes épuisé, laissez-moi lui donner à manger.

— Je veux bien, j'ai d'autres malades à voir et un peu de repos sera le bienvenu. Va doucement, elle a du mal à déglutir.

Le docteur nous a laissés. Vous étiez majestueuse, je vous retrouve collée à un siège, le visage obstinément tourné vers un dehors interdit.

Comme avec ma mère au cimetière, j'ai besoin de vous parler.

Je voudrais caresser le dos de votre main et je n'ose pas. Je voudrais vous donner un peu de cette tendresse qu'enfant je trouvais auprès de vous. J'étais une éponge. Avec ma mère, il fallait grappiller, vous, vous n'aviez jamais assez de joie à offrir. Une mauvaise flamme aura tout fait basculer.

Vous avez enchanté mon enfance. Grâce à vous, tout devenait gourmandise : la floraison des camélias, le passage des hirondelles, un orage d'été, les bogues éclatées des marronniers en automne.

Je voudrais vous arracher à la décrépitude, à l'écœurement de soi quand on sait la lutte perdue sans pouvoir s'y opposer, juste avant de ne plus rien savoir du tout. Vous arracher à ces semaines, dont on ne peut imaginer qu'elles deviendront des mois qui dureront des années, quand un lit et un fauteuil sont toute une maison.

Combien d'heures passées assise devant un ciel qui ne vous appartient plus ? Si vous pouviez vous pencher à votre fenêtre, vous apercevriez le lac, là on y perd pied tout comme dans cette pièce.

Votre bouche devenue un siphon aura été un défi pour moi. Je me mettais dans un coin, je planquais une feuille blanche sous une autre. Sur la première, j'improvisais un dessin, la feuille cachée, elle, servait à croquer vos lèvres en pensant à celles de votre fille plus tard. Je ne sais toujours rien des baisers qui envahissent.

Trois ans, a dit le docteur, que vous ne vous ressemblez plus. Vous êtes-vous préparée à mourir pour de bon, vous qui respirez sans vivre ?

Votre beauté était de celles qui agressent et emportent. Allure flamboyante, une voix impérieuse et un double regard, un œil fiévreux, l'autre de miel, tour à tour implorant et lointain. Le gamin que j'étais ne se le formulait pas mais je vous voyais comme ça. Vous étiez secrète, mystérieuse même, d'un attrait irrésistible avec vos longues robes vaporeuses. Quand vous bougiez, il y avait comme un ralenti de toute votre personne. Vous

vous coiffiez de deux épais bandeaux, partagés avec précision. La raie partait de votre front, descendait étroite et bien droite jusqu'à la nuque. Je convoitais cette marque blanche, sillon de chair à découvert sous la masse épaisse de vos cheveux ramassés.

Les habitants de l'île se succédaient dans votre salon, autant d'apprentis chanteurs venus acheter leurs leçons de chant. Quelque chose qui ne leur servait à rien, devenu pourtant essentiel. Grâce à vous, à vos cours, les villageois ont donné de la voix. Une récréation dans une vie de labeur. Une passerelle vers l'autre rive avec ses concerts, ses opéras, où de grands artistes se succèdent et dont l'écho nous parvenait trop faiblement. Je restais dans un coin à vous admirer, je jouais à l'homme de la maison, raccompagnant à votre porte les amateurs venus exercer leur voix. De retour dans ma chambre, j'étais encore avec vous, la fenêtre grande ouverte sur vos vocalises.

On vous trouvait fantasque, distante, on s'enorgueillissait aussi de vos débuts remarqués de contralto. Jeune fille, vous aviez enchaîné les tours de chant. Une carrière s'imposait, vous engrangiez les succès. Interrompant ce qui serait votre ultime tournée, vous avez préféré revenir dans l'île, fille mère.

L'homme avait laissé sa semence sans savoir qu'il cédait bien plus. Il n'avait pas boudé son plaisir, la fille s'était donnée sans faire de manières, une chanteuse, une fille de passage, une artiste.

L'homme lui plaisait ni plus ni moins qu'un autre. Elle voulait ce bébé et pour cela, il fallait écarter les cuisses au bon moment. Il tombait à point, surtout, il ne serait pas encombrant.

Son bébé naîtrait dans son île, un coin de terre juste assez sauvage pour en faire tout un monde. Son enfant, elle le garderait pour elle, tout à elle. Elle avait toujours voulu être mère, résolue à organiser la chose et disparaître.

Les levers de rideau lui manqueraient, particulièrement la minute avant de monter sur scène.

Pour être à la fois père et mère de son enfant, elle avait pris un sérieux virage, cantonnant sa voix à son île. Elle n'en éprouva ni manque, ni peine. Elle n'aimait rien tant que chanter à ciel ouvert, isolée au milieu des grands arbres. Auprès d'eux, elle trouvait une écoute portant haut la musique. Elle attrapait la musique au pied des grands arbres dont les racines creusent la terre avec des poussées de sève jusqu'au ciel. Quelque chose en elle réclamait de chanter, la musique la bousculait, lui enjoignant de vivre autrement.

L'amour, c'était bon pour les romans, des nids à poussière, un festin pour les souris. Elle ne s'expliquait pas son besoin de vivre à tout prix à sa guise. Elle connaissait ses limites, son exaspération à devoir attendre. Composer avec un autre pour élever son enfant était au-dessus de ses forces. Elle avait assez d'elle-même à contrôler. Elle se méfiait de sa fougue fatigante pour les autres, de son caractère entier, intransigeant, presque brutal, son acharnement à vivre plus, mieux, trop.

Ses parents s'étaient séparés, elle avait six ans. De leur supposé amour ne subsistait qu'un déchirement. Il avait fallu choisir, préférer et dissimuler. Elle ne voulait pas batailler pour sortir du jeu le père de son enfant. Si elle perdait ? Pas question de prendre ce risque.

Elle vivrait mieux les mains libres et le cœur solitaire, toute au petit être qui lui remuait le ventre.

Elle avait eu une enfance à la lisière d'une nature sauvage et familière. Petite déjà elle visitait les nids d'oiseaux, s'amusait de leurs trilles, y découvrant des aigus. Pour entendre l'effraie, elle avait appris à marcher dans la nuit, guidée par le son des feuilles, reconnaissant dans leur froissement l'arbre où elle s'arrêterait. Hors du village, son ouïe gagnait en acuité. Il lui semblait que plus loin elle allait, mieux elle entendait. Les cloches de l'église la suivaient longtemps, elles étaient son repère pour grandir dehors sans inquiéter ses parents.

Très tôt, parler lui avait semblé inutile, chanter, une nécessité. Son grand projet d'un enfant pour elle seule l'avait convaincue d'auditionner sur le continent. Le temps de trouver l'homme nécessaire, de se servir et filer, son ventre devenu celui de toutes les mères, un coffre fort.

Quand un mince filet d'eau avait coulé le long de ses cuisses, elle s'était levée, en quête de fougères, de rosée sur les fleurs encore endormies. L'enfant avait choisi la nuit pour venir et une lune rousse, pleine elle aussi. Elle avançait. Le lac devenu un œil braqué sur ses cuisses inondées. Elle voulait les grands arbres, leur impassibilité fidèle. Elle y était arrivée finalement. Entre deux contractions, elle avait creusé la terre pour que l'enfant vienne sans s'y blesser. Elle avait agi posément, minutieusement. Elle se tenait accroupie, les yeux levés sur les troncs gigantesques enfonçant un ciel limpide et sombre. Intriguée par ses cris de bête, l'effraie cette nuit-là était restée muette.

Quand la douleur avait été trop forte, elle avait mis un morceau d'écorce entre ses dents. Plusieurs fois, elle avait cru que l'enfant venait. Il la déchirait, une saillie continue, assez lente pour la laisser sur le flanc. Elle souffrait et elle souriait. Cet enfant, elle l'avait gagné neuf mois plus tôt, les cuisses tétanisées déjà.

Ses entrailles paraissaient la dévorer. Avec quelle fureur la vie nouvelle la traversait. Ce n'était rien, un passage. L'enfant naîtrait à sa place dans l'humus. Son enfant, elle l'adorait depuis si longtemps, avec lui elle serait comme les grands arbres, la racine et la cime. Elle le protégerait coûte que coûte.

Aux premières lueurs de l'aube, une petite fille était sortie. Bien. Elle l'avait emmenée au bord du lac, avait nettoyé les glaires et le sang, elle avait attendu d'être assise sur le banc de pierre pour couper le cordon.

Sous un reste de lune, le lac étirait ses eaux noires frappées d'argent, bientôt mauves, striées de pourpre. Le lac et son miroir qui donne de grands désirs, une solitude. Il happe la pensée, fouette les songes. Elle avait besoin de sa présence protectrice.

Tout à l'heure, elle y plongerait et son corps respirerait autrement. Elle égarerait sa fatigue par un fond opaque, parfois opalescent où le soleil traîne. Elle nagerait dans un clapotis identique aux ondulations sous sa peau avant la naissance. À grandes brasses, elle descendrait jusqu'à toucher la vase. La surface, quand elle remonterait, aurait des ors et un bleu pur.

Pour l'enfant resté sur le rivage, elle désire la douceur de l'harmonie. La vie, pense-t-elle, est une source de lave, un courant sauvage et lent, charriant des jours enténébrés.

Peau contre peau, bouche contre bouche, la petite et elle s'endormiront dans un souffle portant un même rêve, fait de la douce chair de l'amour d'une mère.

Pour les villageois, cette femme était une énigme. Exclusive, la mère de Carlotta refusait tout ce qui l'aurait détournée de son enfant. Elle n'aimait rien tant que s'arrêter sous ses grands arbres, coucher sur elle le petit corps et le renifler, collée à son cœur battant.

L'évidence d'être mère avait laissé place à une stupeur. Elle regardait ce bout d'elle, le scrutait, s'attendant à des années sur le qui-vive. Elle luttait avec des pensées brutales, un deuil insupportable. Quand tout est si doux, il faut encore redouter la perte.

Plus tard, aux deux gamins friands de gourmandises, la mère ne manquerait pas de raconter sa succulence à elle : la bouche de son bébé, l'intérieur. Comment poussant ses lèvres entre celles de la petite, elle retardait le moment de donner le sein pour s'offrir un baiser supplémentaire. Le bébé affamé tétant avidement la bouche de sa mère pincée au sang. Baiser d'amour qu'une mère subtilisait à son enfant, il aurait fallu nourrir tout de suite et prendre la caresse ensuite mais alors elle se serait privée de la succion frénétique.

L'anecdote dit bien une mère singulière, persuadée que sa fille avait bu la couleur de ses tétons. Les auréoles mauves dépigmentées s'éclaircissant où la bouche de Carlotta avait sucé.

La mère de Carlotta n'hésitait pas à nous raconter son remue-ménage intime. La petite avait grandi dans un terreau doux et gluant, identique à la vase du lac. Elle était cette petite fille souveraine mais aussi chamboulée par une passion déraisonnable.

La mère de Carlotta a vendu sa voix aux villageois, elle leur a appris qu'eux aussi pouvaient chanter. Bientôt, on les a vus réclamer leurs leçons de chant. Venus d'abord par solidarité pour quelque chose qui, croyaient-ils, ne servait à rien, ils ne pouvaient plus s'en passer. On ne faisait pas la charité à une femme comme la mère de Carlotta, les apprentis chanteurs s'offraient avec des vocalises une portion de rêve, un bout d'étoile. Le répertoire était joyeux, le plaisir communicatif, son salon ne désemplissait pas. Jusqu'aux pêcheurs persuadés d'augmenter leurs prises en y allant d'un filet de voix.

Il n'en fallait pas plus pour que celle qui avait tourné le dos à une réputation naissante en ait une nouvelle. On faisait la traversée pour s'écouter chanter avec elle. Du jamais vu : c'était à ceux d'en face de se déplacer. Un trafic s'organisa autour des *lucia*, certains pêcheurs dont le père de Salvatore augmentèrent leur recette en s'improvisant taxi flottant. Le curé décida même d'ajouter une quête en début de messe !

Quand l'envie lui en venait, la mère de Carlotta acceptait un élève du continent. Elle le retenait selon sa fantaisie, désireuse de donner un peu de sang neuf à ses cours de chant, peut-être aussi à son existence dans l'île. Elle expliquait en riant comment elle faisait son choix : « Un homme, c'est obligatoire, pas vilain à regarder, avec un minimum de voix » dans un clin d'œil elle ajoutait : « On va jaser dans le village, ça m'amuse, c'est important de s'amuser. »

Dans ses élèves venus du continent, il en est un que Carlotta et moi avons élu au premier coup d'œil.

Le beau jeune homme avait dix-neuf ans. Mon aîné de cinq années, trop vieux pour être un compagnon de jeu pour Carlotta ou moi, trop jeune pour être le compagnon de sa mère. Pourquoi alors je ressentais cette gêne à le savoir seul avec elles ? Jaloux, à quatorze ans ? Il y a de ça. C'est simple, quand il entrait dans le salon, la petite fille et sa mère avaient un sourire que je ne leur connaissais pas.

S'il devait me rester une image du beau jeune homme, ce serait celle d'un animal égaré et farouche, un félin fragile, sorte de léopard efflanqué. Pendant les trois mois où il a appris le chant, nous avons peu parlé, il n'était pas bavard et l'on ne m'apprivoise pas facilement. Il avait une façon nonchalante de se poser, une réserve, un flottement. Je ne le voyais ni comme un adulte ni comme un ami, plutôt comme un prolongement. Était-ce sa jeunesse qui me le rendait familier ?

Mon premier rival. Avec ceci de troublant, le beau jeune homme aura décidé de l'orientation de mon désir même si c'est à son corps défendant. Quand je dois peindre certains mouvements, disons un élan, c'est à lui que je pense. Je le revois bouger, flexible et plein d'allant, son incertitude tranquille. Là encore, je n'y mettais pas ces mots, me contentant de coller à ses basques. Carlotta lui a fait son numéro de séductrice prépubère, je jouais sur un autre registre, l'indifférence calculée.

Carlotta était alors mon unique modèle, j'aurais pourtant fait un portrait de lui, si je n'avais craint de le voir accroché dans le salon.

Le beau jeune homme m'attirait et il m'intimidait. Pas ambigu pour un sou, d'humeur égale, attentif avec moi, affectueux avec Carlotta, galant avec sa mère, en retrait, même s'il est vite devenu le centre de notre trio.

C'est lui qui a trouvé la petite fille évanouie après que le feu l'avait brûlée. Le lendemain, il avait quitté l'île. Après que la mère et la fille eurent embarqué, lui et moi sommes restés les derniers sur le quai. J'ai fini par l'y laisser. La nuit tombait, un moment j'ai pensé me serrer contre lui, j'ai préféré m'éloigner. Je le sentais si malheureux, j'étais perplexe. J'avais vu son visage trempé et ce n'était pas le crachin, plutôt l'eau dont sont faites les larmes. Je lui en voulais d'être plus triste que moi. Cela signifiait-il qu'il les aimait mieux ?

Incertain bonheur, on ne te cadenasse pas, je l'ai découvert ce soir-là.

Je m'entends dire à voix haute certaines phrases, je le fais exprès, lâche un mot comme un appât, rien n'y fait, vous ne réagissez pas. Que reste-t-il en vous de ces années-là ? Où se sont-elles nichées dans votre corps en vrac ? Plus que jamais, vous êtes intouchable. Vous étiez d'une autre race, vous restez différente. Vous permettez que j'effleure un peu de rose ancien ? Y a-t-il encore quelque chose, quelqu'un qui puisse vous toucher là où vous êtes ?

Ma mémoire est un vrai patchwork. Je trouve une paix à confronter nos trois vies escamotées et indissociables. Autant y aller franchement, en fouillant une intimité commune, j'espère ne pas déranger. Qui voudrait faire perdre son temps à celle qui a engagé la lutte avec sa fin ?

Le beau jeune homme aura été votre dernier élève. Tout au long de l'année d'hospitalisation de Carlotta, les habitants de l'île ont continué à vous payer des leçons que vous ne donniez plus. Pour votre fille, vous avez accepté. À voix basse, on vous reprochait votre absence au moment de l'accident mais pas question de vous laisser en difficulté.

D'espiègle et tendre, Carlotta, privée d'un bras, est devenue ombrageuse. Votre relation était fusionnelle, elle a radicalement changé. On ne force pas l'amour. Bon an mal an, vous aurez quand même vécu toutes les deux sous le même toit pas loin de quarante ans. Les clients de l'inventrice de souvenirs remplacent ceux de la cantatrice.

Aujourd'hui, il y a une fille plus si jeune, occupée à soigner une mère plus très jeune. Entre elles, un amour blessé comme un bras mort. Avec l'accident, la petite fille a perdu une maman irréprochable. Après, rien ne pouvait plus être pareil même si votre enfant n'aura jamais cessé de vous aimer. Pourquoi Carlotta vous abandonne-t-elle ? Quel secret lui interdit d'entrer dans votre chambre ?

Plus personne dans le salon, Carlotta a filé je ne sais où. Elle sait pourtant que je suis là puisqu'elle m'a envoyé Salvatore. J'ai laissé mon urne dans la barque mais j'ai pris le tableau. Je l'avais déposé devant la porte du salon avant de monter à l'étage, Carlotta ne l'a même pas regardé, l'emballage est intact. Est-elle dans sa chambre ? À en croire le docteur, même si elle m'avait entendu parler à sa mère, elle ne serait pas entrée.

Certaines habitudes de la maison n'ont pas changé. Été comme hiver, on ne laisse pas le foyer sans feu. L'accident n'y aura rien fait, la cheminée n'a pas été condamnée.

Avant de chercher Carlotta, je vais remuer quelques braises, les cendres de demain se mêleront à celles d'hier, les flammes n'en danseront que mieux. Le feu trompeur, ardent une minute puis près de s'éteindre si on ne le surveille pas. L'émotion que Carlotta me refuse, quelques tisons me la donnent, au point de sentir mes yeux me piquer. Cette pièce est pleine de larmes. Nous étions un torrent. Ne restent qu'un lac dormant et, dans un foyer qui aurait pu être le nôtre, des bûches parcourues d'étincelles. Le bois soupire et sue toute son eau, il siffle et j'entends un râle. D'une mère près de s'éteindre et d'une petite fille touchée à vie.

Je continue à chercher des signes familiers, les traces d'une histoire inachevée. Sur le mur, il y a l'empreinte plus pâle du miroir décroché le matin où Carlotta s'est vue dedans tranchée net. Pour la première fois, elle découvrait son reflet tronqué. Il lui avait été soigneusement caché, pas de glaces dans le service des grands brûlés et toujours une infirmière, un médecin ou sa mère pour s'interposer devant les fenêtres. C'était leur frayeur, pas la sienne. C'était l'effacer deux fois, la couper encore.

Dans l'agitation du retour, on a oublié le miroir du salon. Carlotta n'avait plus qu'un poing mais comme elle le serrait, j'ai vu le moment où elle allait exploser le verre mais non, elle a tendu la main, ses doigts ont ébauché un contour, cherchant à saisir l'invisible, puis ils se sont crispés plus fort. Tout ce qui restait d'elle tremblait, je me suis approché, j'ai fait comme les autres, j'ai voulu masquer ce qu'elle était devenue, j'ai décroché le miroir, dans l'espoir d'arrêter le gémissement qui en sortait. Je l'ai posé dans le couloir, là même où j'ai laissé mon tableau tout à l'heure.

« Dino, cela existe les maisons pour les mauvais rêves ? » ont été les premiers mots de son retour. J'ai voulu la serrer très fort, retourner dans ce qui était nous mais elle a reculé, un rejet, un réflexe brusque. C'était fini d'être l'un contre l'autre.

Pendant son absence, j'avais été plein de questions, tout en tension. Qu'en serait-il de son amour têtu, finalement entêtant. Où en étions-nous des commencements d'une volupté occupant nos corps grandissants ?

J'avais dans le salon un endroit bien à moi, un coffret plein de pinceaux, de tubes de couleurs et de feuilles d'un bon grammage. Carlotta a foncé dessus, exigeant un dessin de sa main coupée. Je n'ai pas réfléchi, j'ai obéi, maintes fois, j'ai recommencé, à la fin j'y suis parvenu, j'avais redonné forme à la main disparue. J'ajoutai dedans une grande flamme, ma façon de dire non à un avenir frileux.

En un rien de temps, nous avions allumé deux bûches, la cheminée flambait, Carlotta n'a pas hésité, d'un geste, elle a jeté sa main au feu. J'ai vu mon dessin se tordre, ma flamme rendue à la flamme. Son visage était celui d'un tumulte pur, je serais incapable de le peindre.

Dans le salon où le feu avait massacré, face à un miroir à briser, j'ai maudit l'innocence qui se heurte à la noirceur du monde.

« Pour l'enfant, amoureux de cartes et d'estampes, l'univers est égal à son vaste appétit. Ah, que le monde est grand à la clarté des lampes ! Aux yeux du souvenir, que le monde est petit ! » Ce n'est pas rien de partager un poème. Un nouvel amour ou une passion n'égaleront jamais le pouvoir de l'enfance. On peut croire à tous les futurs, avoir commencé ensemble est unique. Il y a quelques heures, je me répétais le poème de Baudelaire. Il dit mon errance et a rythmé nombre de mes actions, je le trouve encadré au-dessus du lit de Carlotta. Personne dans sa chambre.

Je ne peux m'en empêcher, j'ouvre des tiroirs, regarde dans l'armoire, recule devant un désordre indescriptible. Une nuisette en dentelle noire est accrochée au montant du lit, déchirée. C'est étrange d'imaginer Carlotta là-dedans. Le docteur la dit fiévreuse. Quand je vois l'état de sa chambre, je dirais furieuse. Après qui en a-t-elle ?

Elle doit trouver dans les livres matière à inventer les souvenirs qu'elle vend. Uniquement des romans, empilés ou sur la tranche, ils ont l'air de se pousser l'un l'autre, de se faire tout petits pour gagner de la place. Rangés si serré, à essayer d'en prendre un, je me retourne l'ongle. J'attrape *Tendre est la nuit*, il y a dedans une phrase écrite pour Carlotta, évidemment soulignée : « Il est plus difficile de renoncer à ce qui blesse qu'à ce qui rend heureux. » Je suis comme Carlotta, je préfère les romans. Plus ils contiennent de drames, mieux j'y barbote. Combien de fois ai-je entendu : « Ça ne tient pas debout » s'agissant d'histoires cousues de fil blanc. Et la vie, elle tient debout ?

Grâce à ses livres, Carlotta habite partout et nulle part, elle est toutes les femmes et tant d'hommes. Comme si, pour compenser un kilo de chair, il fallait une tonne de littérature.

Sur la table de chevet, il y a quatre lettres, froissées, sans enveloppes, je reconnais l'écriture, le papier jauni. Je vais être indiscret mais si je veux aider Carlotta, je dois comprendre.

Adoré adoré

Doucement, je m'étire. Quand le soleil frappera la lézarde dans l'angle devant mon lit, tu arriveras. Elles passent trop lentement, les heures loin de toi. Je me prépare pour toi. Je fais ma peau douce, coiffe mes cheveux, dans ces gestes, tu es déjà là. Tu me trouveras nue, j'aurai laissé le bleu du jour m'envahir, bien plus qu'un ciel, une attente.

Mes os, ce matin, portent l'embrasement d'hier, ils réclament que tu me fouilles, soumise à notre caresse carnivore. Nous nous tenons fermement et tremblants devant la merveille.

Après l'amour, nager dans le lac c'est être encore plus liquide. J'avance dans le soleil et l'infime ballottement. J'y trouve un calme insolent, en éprouve une quiétude inégalée. Où que j'aille, je t'ai sur le bout de la langue. Avec le vent qui souffle ses effluves, je nage dans un champ de fleurs : cosmos blancs, dahlias mauves, les clochettes et les gueules de loup, et celles encore que l'on appelle le désespoir du peintre, elles poussent sous un raisin au goût de fraise des bois.

Avant nous, je m'élançais vers l'horizon et me cognais à un vide. Devant maintenant, à la gravité du désir. Un désir qui ressemblerait à la surface du lac et à sa myriade d'éclats coupants aveuglants sous le soleil.

Le bonheur n'a pas d'âge, le nôtre durera au-delà de nous, je serai avec toi tout le temps et même après.

Adoré adoré

J'ai marché au milieu des pins centenaires, certains ont l'écorce déchirée, elle pourrait les écarteler en se déroulant. Les troncs en lambeaux puisent encore de quoi tenir debout. La nuque renversée pour en regarder la cime, je m'appuie au vieil arbre en pensant à tes flancs étroits, ton torse solide et moi, à genoux, dans la poussière des feuilles. Nous avons quelques semaines et cela devrait faire une vie ? Tu veux m'emmener, nous habiterons le monde, me dis-tu quand je veux juste un banc de pierre, où nos bouches se sont prises la première fois, nos corps heurtés pour ne plus se déprendre. Tu as fait de moi un sanctuaire.

Je ne veux plus me cacher, je veux nos deux corps emmêlés sous l'eau du lac bousculant des écailles de lumière. J'ai besoin de ces quelques pas à ton bras, de marcher dans une seule ombre qui ne serait pas uniquement la mienne.

Cette nuit, tu dormais profondément, j'ai baisé tes paupières, laissant un peu de salive dans tes cils, une caresse pour toi seul. Un mot tournait dans ma tête. Déflagration. Le sommeil qui vous quitte, la raison qui s'enfuit quand une autre vous séquestre. Une turbulence qui bouleverse les repères, malmène la sagesse, se moque d'être prudente. Ventre troué, cœur empoigné, je me livre au joug de l'amour. Jamais je n'ai été autant moi-même, sous emprise.

Adoré adoré

Je t'écris de notre banc de pierre. Je voulais attraper un fragment de jour, avancer au-devant de lui et te donner mon double regard éclaboussé d'aurore. Tu vagabondes dans tout mon être, y creusant un sillon doré. Nos étreintes sont tous mes désirs. J'aime ta faim, elle comble mes rêves, les domine. Dans tes bras, je suis ce territoire à soumettre. En me choisissant, tu me donnes un sens, en me voulant pour toujours.

Je saurai nous protéger de la griffure du temps, j'appellerai des songes vermeils et mordorés, les déposerai à tes pieds. Je fonce, c'est ma manière. Je suis heureuse, si heureuse, il n'y a pas de danger, je ne nous perdrai pas.

Adoré adoré

Tu dis : « Comme il est beau ton corps dans la lumière franche, on dirait une architecture pleine de nervures. » Des admirations comme celle-là rendent belle pour toujours. Tu m'as demandé de chausser mes talons les plus hauts, des bottes de scène, en cuir blanc avec sept boucles de la cheville au genou. Tu as voulu une culotte échancrée, je devais la porter haut jusqu'à découvrir mes fesses et marquer les hanches. Pas de soutien-gorge. Mes cheveux attachés me donnent une sévérité, une fatigue. Tu as réclamé un collier, je n'ai pas de bijoux mais pas question de te décevoir, le jeu débutait à peine. J'ai quitté la pièce, tu commençais à te caresser. Mes jambes immenses dans les bottes lâches au-dessus du genou, le dos nu et cambré, mon torse jeté en arrière, je marchais lentement. J'aime t'obéir et te régaler de mon expérience. J'aime ton regard vorace sur ma chair carnassière avec ses cicatrices, ses rides, ses premiers plis, une maigreur survenue avec l'épuisement de l'enfantement.

Dans la chambre de ma fille, je savais trouver un bijou qu'elle m'avait réclamé pour ses dix ans. Son trésor, un météore en cristal traversé par un jonc d'argent. Pour l'attacher, j'ai dû le placer haut sur mon cou, il étranglait mais j'étais celle que tu désirais. Après n'appartient qu'à nous. Je t'écris, tu es à côté de moi dans le lit, les paupières closes sous mes baisers appuyés.

J'ai laissé la petite en bas, je l'entends bouger, j'ai encore besoin de quelques minutes avec toi. Il faudra enlever l'odeur de foutre, mêlée à ce jus venu de mon ventre. Tu me touches et je coule, il y en a partout et nous rions.

Ma bouche qui sait toute ta peau, embrassera celle de ma petite fille. Je voulais la garder bébé plusieurs années, elle grandirait mais après, plus tard. Quelques mois, je l'ai eue toute à moi, à la merci de ma tendresse folle. Je rôdais autour de son sommeil, je revenais encore et encore au-dessus du berceau, penchée au-dessus du visage naissant, capturant une grâce enfuie. Dans ses bras écartés en offrande, le temps était immobile. À toi et moi, il reste quelques semaines, mon beau…

Mon beau quoi ? Il n'y a rien après, ou plutôt si… un jeune homme. La mère de Carlotta était absolue, ses lettres lui ressemblent. Au moins, elles ne sont pas pour Andrea. Carlotta n'en est pas l'auteur, je n'aimerais pas lire ses mots d'amour à un autre. Andrea m'agace, c'est lui qui devrait la protéger, pas moi. En même temps, je ne le supporterai pas. L'amour prend de ses détours, on s'y perd. Je ne dois pas l'oublier, je ne suis pas amoureux de Carlotta, je suis amoureux de nos souvenirs.

Le beau jeune homme et la mère de Carlotta. Comme tous les secrets, celui-là s'était logé quelque part dans ma tête, suffisamment loin pour que je n'y pense pas, suffisamment tout de même pour ne pas me surprendre. Se sont-ils revus ? Carlotta doit le savoir.

Quand j'ai lu « j'ai laissé la petite en bas », j'ai tremblé. Je me rappelle le déshabillé en dentelle dans la pagaille qui a suivi le drame, on était au beau milieu de la journée et la mère courait, affolée. La nuisette détonnait. Qu'elle ait ou non les seins à l'air importait peu, la lingerie noire avait quelque chose de corrosif. Comme si sa couleur avait déteint sur le bras blessé de son enfant. C'est cher payer l'amour. Ce déshabillé est sous mes yeux, accroché comme un trophée. Qu'est-ce que cela signifie ? Que fait-il ici après tout ce temps ? Avec son accueil qui n'en est pas un, Carlotta m'inflige un présent en noir et blanc. Heureusement, le passé, lui, a gardé ses couleurs. Décidément, où que j'aille dans cette maison, je me cogne à des fantômes « ne sachant ni clairement se souvenir, ni clairement oublier » comme l'écrit encore Fitzgerald : « Ainsi nous continuons à frapper l'eau, barques luttant contre le courant, repoussées sans trêve vers le passé. »

Je voudrais presque que Carlotta me surprenne les lettres à la main. Pourquoi m'en envoyer une ? En quoi la correspondance amoureuse de sa mère me concerne-t-elle ? Ces lettres sont celles que Carlotta et moi n'avons jamais reçues, jamais écrites. La dernière est inachevée, et pour cause. Avant de m'attarder sur des amours anciennes, je dois en apprendre davantage sur Andrea. J'entends un bruit en bas.

— Carlotta ? Tu es où ? Montre-toi, sortons de cette maison.

— Dino, mon petit, tu es là.

Qui est-ce ? Je connais cette tête… mon petit… Mme Olmo ! Tellement éprise de son mari qu'on l'appelle du prénom de son homme. Ce n'est pas la femme d'Olmo, c'est Mme Olmo. Ils avaient belle allure. Elle, très élégante, la coiffure impeccable même les jours de grand vent. Une folle de fourrures. Lui, le dos droit, le menton levé, capable d'en remontrer à n'importe qui, y compris à ceux le dépassant d'une tête. Quel âge peuvent-ils bien avoir, il y a vingt-cinq ans, ils me semblaient vieux. De toute façon, pour un gosse, passé trente ans, personne n'a plus d'âge.

Je les croisais au retour de l'école, l'été, les jours s'allongent et ils se mettaient en route plus tard, je trouvais un prétexte, je filais où je savais les trouver, contemplant le coucher du soleil. Aux grandes vacances, nous avions la permission du crépuscule, le bord de la nuit, comme disait la mère de Carlotta. Je dois aux Olmo de fameux couchants. J'y ai appris la nuance pour ma peinture et la clarté. Une dernière étincelle et l'ombre envahissait la lumière, il fallait rentrer. Soir après soir, je m'efforçais de voir où commençait la nuit. Je courais, me retournant sans arrêt, elle ne me rattraperait pas. Le temps de monter dans ma chambre, l'ultime lueur s'était dissoute et le noir mangeait tout, sauf le ciel.

Je crois bien n'avoir jamais croisé M. et Mme Olmo l'un sans l'autre, cela fait tout drôle de la voir seule.

— Bonjour, madame Olmo.

— Tu m'as reconnue ?

— Vous n'êtes pas nombreux à m'appeler mon petit. Vous avez vu Carlotta ?

— Je viens de la croiser devant l'école, elle courait je ne sais où. Pieds nus ! Elle avait un air… Si ce n'est pas malheureux. On ne sait plus quoi faire. Tu as parlé au docteur ?

— Oui, et aussi à la mère de Carlotta. Je ne savais pas… il est où, votre mari, madame Olmo ?

M. Olmo a de bonnes raisons de ne pas être là. À lui aussi les médecins ont annoncé une mort lente et sale, il a refusé d'imposer ça à sa femme. M. Olmo est allé se jeter dans le lac. On ne l'a pas retrouvé et Mme Olmo a fait appel aux services de Carlotta pour qu'elle lui invente le souvenir d'un corps défunt. Mme Olmo a besoin de le voir mort afin d'être certaine qu'ils se rejoindront dans l'éternité.

— Vous aviez rendez-vous pour votre *souvenance*, Mme Olmo ?

— Non. Je ne veux pas embêter Carlotta avec ça en ce moment. Elle a assez de son malheur. Je suis passée par le deuil, je la comprends.

— L'homme dont Carlotta est amoureuse n'est pas mort, lui.

— C'est tout comme, il a disparu. Et toi mon petit, ça va ?

— Oui.

Je baisse la tête, j'ai du mal à regarder Mme Olmo dans les yeux. Je déteste la voir sans son mari. Elle est montée faire avaler un médicament à la mère de Carlotta. Assez traîné dans cette maison, j'ai besoin d'air, de lumière, et je dois trouver Carlotta. Que croit-elle ? Faire rempart au jour ? La nuit tombera, mais il y aura un lendemain et un autre encore, elle ne m'échappera pas, qu'elle le veuille ou non, Carlotta est ma seule fidélité, elle l'entendra. En revenant vers elle, j'ai enfin l'impression de savoir où je vais. Je ne reculerai pas.

Le village commence à bouger. Je préfère croiser le moins de gens possible, je n'ai aucune envie de raconter vingt années de pas grand-chose, ni d'évoquer un avenir improbable. Je ne sais même pas combien de temps je vais rester ici. J'ai repris mon tableau, histoire de le replacer dans le décor.

J'entends rire et crier dans la cour de récréation où j'ai tant ri et crié. Les premières années de classe, notre tête est libre, le désir encore souterrain, on ne le sait pas mais après rien ne sera aussi simple. J'entre dans mon ancienne école, un jour ou l'autre, on a tous envie de revenir dans la cour de récréation de son enfance. De rester là un moment, à regarder les aires de jeu et les fenêtres des classes. On remarque ce qui a changé, on cherche ce qui est identique. Au bout du compte, on repart un peu moins léger. Je voyais notre cour comme une aire de jeux immense, elle est toute petite. Le long du mur, je retrouve la rangée de patères où nous accrochions nos manteaux.

Notre école avait seulement deux classes, apparemment c'est toujours le cas. On commence avec l'une, on termine avec l'autre, les niveaux se comptent non par salles mais par rangées. Pour la suite, si on ne veut pas pêcher ou coudre, il faut traverser le lac. Nous sommes peu à l'avoir fait, m'a dit Salvatore.

Les filles continuent à sauter à l'élastique, les gamins à lorgner leurs cuisses. Tôt ou tard les championnes relèveront leurs jupes. Avant l'accident, Carlotta se débrouillait plutôt bien au jeu de la balle mais après, difficile de battre des mains entre deux lancers. Terminées aussi les parties de mouchoirs. La petite fille le laissait tomber derrière mon dos, m'obligeant à lui courir après. Je la sentais ralentir pour que je l'attrape. Reprendre son souffle auprès de celui qui vous le coupe, on ne veut rien d'autre.

Amputée, Carlotta restait à l'écart. Elle avait son coin, personne ne s'y risquait. J'y veillais. Les gosses, d'habitude si cruels, lui fichaient la paix. Elle en imposait, le tempérament de sa mère, sans doute.

Le jour où elle avait reparu à l'école, j'étais auprès d'elle, du côté de la manche vide. Nous avons avancé jusqu'au préau, une trentaine de paires d'yeux braqués sur une épaule sectionnée. Carlotta était si pâle, comme brisée par la lumière, une lumière froide, coupante, celle de nos frimas, brefs et aigus. Sous un pull ample, on devinait, on imaginait. Le bout de chiffon mou était bien réel, lui. Carlotta n'a pas reculé, on n'entendait pas un murmure, les enfants, soudain, n'étaient plus des enfants. Nous avions tous, sauf une, le dos courbé sous le poids d'une gravité.

J'ai repéré les gamins de Salvatore, leur père en miniature avec un peu de Renata pour faire bonne figure. Ils ne tiennent pas en place. Eux, s'ils vont vite, c'est pour rire, ils ont le temps, avant de comprendre qu'un jour on ne l'a plus.

J'en vois un autre là-bas, un gosse en retrait, je le reconnais. Les enfants de Salvatore ne pourront pas se cogner à lui, ni le bousculer, ils ne le voient même pas. Personne à part moi ne sait qu'il est là. Si je ferme les yeux, il s'effacera. Le gosse a une mission : protéger une gamine. Il ne veut pas qu'elle trébuche. La suivre pas à pas n'est pas un grand sacrifice pour lui, aller lentement c'est bien pour peindre. Je voudrais qu'il pose ses yeux sur moi, je voudrais réapprendre tout ce que, du haut de son innocence, il savait. Ce n'est pas le gosse, le fantôme mais moi, qui revis dans toute sa beauté et sa cruauté, ce qui ne reviendra pas. La récré est finie, tout à l'heure, des parents vont venir chercher leurs gosses, le mien restera là.

Je retrouverai Carlotta à la force de mes souvenirs. Je ne m'inquiète pas de ce que je lui dirai quand je serai avec elle. Je lui ai dessiné un jour une main qui n'existait plus, la mienne saura bien tordre le cou au désespoir.

J'aperçois le père de Salvatore à l'embarcadère. Un pêcheur à la retraite attendant d'embarquer pour des pêches qu'il ne fera plus. À quoi songe-t-il en regardant son fils partir chaque matin sur le lac comme il l'a fait toute sa vie ? Mange-t-il avec appétit un poisson pêché par un autre que lui ? Je le verrai une autre fois, c'est bien le seul à ne pas avoir crié au loup au retour de la mère et de la fille.

À l'exception du père de Salvatore, personne ne s'est avancé pour accueillir la mère de Carlotta. Pourtant il y avait foule, le village entier venu pour juger. Ils étaient nombreux à invectiver celle estampillée mère coupable. Les voix murmuraient pour être mieux entendues : « Elle aurait dû être là, qu'avait-elle dans la tête pour laisser sa gamine avec une cheminée flambante ? » Avec des airs d'en savoir long, un fiel. La bêtise, l'ennui avaient un os à ronger. Des informations contradictoires fusaient, évidemment plus elles étaient alarmantes, plus elles excitaient. J'en étais malade de les voir se repaître d'une chair qui, avant d'être noircie par une flamme, avait appartenu à mes pinceaux.

Je redoutais et espérais le retour de Carlotta, j'étais obsédé par nos retrouvailles. Cinquante-deux semaines, j'ai vécu avec. Impossible de peindre ou de dessiner. J'étais le forçat volontaire d'une absence brutale. Dans ma tête régnait le chaos. J'étais ce gosse découvrant l'attachement par le manque. J'étais dépassé, trop jeune pour me défendre, enfermé dans l'attente. Je m'y usais, je me suis mis à avaler des soupes, des compotes, je régressais, je ne voulais pas grandir sans elle.

Quand je n'en pouvais plus, je filais dans la nature attraper des morceaux de ciel, me gavant de vent pour m'étourdir. Je ne savais plus par quel bout me prendre pour trouver un peu de tranquillité. En même temps, je m'en serais voulu. Ne devais-je pas supporter ma part de la souffrance de Carlotta ?

Amputée. Pour un jeune garçon, ce mot n'a pas de sens. J'en fis une sorte de monstre redoutable et néanmoins attirant.

Une aide-soignante de l'hôpital avait de la famille sur l'île. Cette femme donnait des détails dont on se passe, mais c'était plus fort que moi, je grappillais la moindre information. Il y avait, affirmait l'aide-soignante, une dureté dérangeante chez la petite et une démission inquiétante de la mère. Comme s'il n'y avait plus d'adulte et d'enfant, seulement deux plaies ouvertes.

La petite, trop frêle, ne pourrait être appareillée, le poids de la prothèse risquait de déformer la colonne vertébrale. Elle était en pleine croissance et, si odieux que cela puisse paraître, même après l'amputation, l'os avait continué à pousser. Deux ou trois centimètres pointant dans le vide. Bref, un moignon mal fichu avec des boursouflures et de vilains cratères. Il faudrait raboter, inciser un reste d'épaule, plutôt une marmelade. Les médecins prônaient l'optimisme. Dans dix ans, les prothèses se seraient perfectionnées, allégées, elle aurait deux bras, vivrait comme tout le monde.

L'enfant, avait ajouté l'aide-soignante, a hurlé qu'on ne la toucherait plus. Elle n'était pas une poupée que l'on répare, elle ne voulait pas d'une ferraille articulée. Et clamant cela, elle avait fixé sa mère. Un drôle de regard, avait remarqué l'aide-soignante qui n'y avait vu que le reproche. Il devait contenir toute la détresse d'un être traînant avec soi un charnier.

Il n'y avait pas eu de soins miracles, la petite revenait avec un bras en moins. Pour ne rien montrer de mon émotion, je m'étais exercé devant la glace, imaginant le pire, le regardant au fond des yeux, réclamant à mon reflet de rester impassible. Je voulais être héroïque, au-dessus de tout soupçon de dégoût.

Dans moins d'une minute, le bateau ramenant la mère et la fille accosterait. L'excitation était à son comble, on se bousculait sur le quai.

Seule la mère est descendue, au milieu du désastre je reconnaissais le rose ancien. L'accident, je l'ai dit, m'avait familiarisé avec de nouveaux mots, désastre en était un. Une voix me soufflait, à moins que ce ne soit la *breva,* que ce mot se tenait devant moi, campé sur les deux jambes d'une femme que j'avais connue souveraine.

Aucun des spectateurs n'avait jugé bon de s'exercer devant la glace. Au choix il y avait les mines sévères ou apitoyées. Le rose ancien tremblait, j'attendais la colère, j'avais le souvenir d'une femme du tonnerre. Rien, elle n'a rien dit. J'entendais autour de moi : « La chanteuse filera droit désormais, fini de nous tenir la dragée haute. »

J'ai avancé, soulevé la plus grosse valise. Le père de Salvatore a suivi, prenant les affaires de la petite restée dans le bateau. La foule en avait presque oublié la bête curieuse. J'entrai dans leur salon, les bras tétanisés, quand une silhouette tronquée s'est décidée à remonter un quai déserté. L'heure d'après, nous jetions sa main au feu. Mon dernier dessin d'elle jusqu'à ce tableau coincé sous mon bras.

Je sais où aller, là même où Carlotta est sortie du ventre de sa mère. Les grands arbres. Après la naissance, sa mère l'y a emmenée chaque jour. Elle allongeait la petite dessous ; le vent, la lumière dans le feuillage auront été ses premiers amis.

Les premiers mois qui ont suivi son retour après l'amputation, j'ai tenté de la convaincre de sa perfection. Je n'en démordais pas, elle était magnifique. Je n'osais dire attirante, certains mots ont besoin que l'on vieillisse.

Je la regardais de loin, je profitais de ses siestes au soleil pour la détailler. Bercée de ciel, engourdie par le clapotis, elle émergerait de la sieste, quelques secondes, encore, elle était sans pensée. Un bref instant, je la voyais à nouveau insouciante. Elle s'étirait, aussitôt l'ombre revenait, l'ombre d'une réalité imparfaite et inévitable.

Le chêne aperçu du lac ne peut être le nôtre. Il n'a pas une éraflure. L'arbre où nous grimpions a été foudroyé. La mère de Carlotta en avait fait une toise, je reconnais les entailles sur le tronc mort. Elles mesurent la taille d'une petite fille, une tige souple poussée sur de longues jambes. Sous l'arbre, la terre est tassée. Je ne me suis pas trompé, Carlotta vient encore s'étendre ici. Je touche la terre aplatie, comme pour vérifier qu'elle a retenu un peu de la tiédeur de son corps.

Le matin, où mon regard, traversant un carreau souillé, avait rebondi sur celui de la petite fille, elle m'avait conduit sous ce chêne. Elle avait pris mes mains pour en encercler le tronc, nous nous sommes enlacés, une vieille écorce au milieu de nous. Je n'en étais plus à fouiller un bas de pyjama, mes doigts caressaient le bout des siens… et tellement plus.

Rares sont ceux à s'aventurer dans ce coin, il réclame un pied sûr, racines, buissons, ronces, on ne sait trop où l'on avance.

Par temps clair, on aperçoit les immenses villas bordant le continent. On raconte que l'une d'elles possède quarante cheminées. « Quarante cheminées, de quoi perdre quarante bras », avait murmuré Carlotta quand nous étions revenus ici après l'accident. Des paroles comme celles-là enjoignent de consoler. Ça commence tôt, ce truc avec les filles, être là pour les protéger, devoir prendre soin d'elles. Pour Carlotta, c'était différent, elle avait tous les droits, d'ailleurs, elle ne demandait rien.

Parfois, son regard lui échappait, à ses tempes une artère s'emballait, je sentais comme une menace l'oppresser, elle prenait toute la place. Si j'avais été un adulte ou si j'avais été riche, je l'aurais couverte de cadeaux, je lui ai offert une histoire à tiroirs : *La forteresse de cristal.* Carlotta interdisait qu'elle finisse. Nous nous installions bien calés contre le tronc et j'y allais d'une débauche d'aventures et de fantasmagories. Il n'y en avait jamais assez pour éloigner son cafard. Mon histoire penchait du côté du bonheur, je prononçais les mots sésame : « Il était une fois », et je retrouvais presque la petite fille.

Il y a un quart de siècle, j'ai gravé dans l'écorce un message d'adieu. Je voulais forcer sa mémoire défaillante à ne pas oublier. La foudre a vidé de sa sève notre repère mais mon dessin sur le tronc est intact. Il raconte à grands traits un souvenir dont je me serais bien passé.

Si Carlotta ne jouait plus à la balle et avait cessé de sauter à l'élastique, elle continuait de monter dans notre chêne, s'aidant d'un seul bras avec une poussée de tout le corps. Je la suivais, prêt à la rattraper si elle tombait. Nous étions là pour toucher le ciel. Je m'arrêtais une branche en dessous de la sienne, j'aimais à lui parler en levant la tête, je l'aimais intimidante. Je profitais du feuillage et de son masque, je fixais l'ombre entre ses cuisses. Je me contentais de regarder de loin l'entrée condamnée et dangereuse.

Était-ce de ne plus toucher terre, à califourchon sur des branches, on s'embarrasse moins d'un bras manquant. Carlotta redevenait altière, j'oubliais de la plaindre, elle devait le sentir et s'en attendrissait. Je serais incapable de dire comment ma main a pu se poser là où ma tête lui interdisait d'avancer.

Elle est terrible, la hargne d'une jeune fille de treize ans, empêchée par un moignon de céder au désir. Carlotta est descendue à ma hauteur, elle a commencé à déboutonner son corsage. Ses yeux m'ordonnaient de regarder, elle était au dernier bouton et moi, je regrettais qu'il n'y ait plus un tronc entre nous. Elle a eu un mouvement brusque pour se débarrasser de son vêtement. Je voulais voir ? J'allais voir. J'ai détourné les yeux et nous avons compris sans le comprendre que je ne serais pas l'homme qui refermerait ses bras sur elle. J'ai entendu un sanglot, je n'ai pas bougé. J'avais honte et je l'avais humiliée. Je lui en voulais de m'obliger à être lâche. Carlotta s'est rhabillée et très vite c'est à moi que j'en ai voulu. Le lendemain, je partais, mais avant, j'ai laissé un dessin sur le tronc. Je connaissais la mémoire percée de Carlotta, en gravant un corsage sur l'écorce, je le gravais dans sa mémoire.

Puisque Carlotta n'a pas l'air de vouloir me rejoindre sous notre chêne, je vais essayer le promontoire, à peine une bosse, sur cette île plate comme tout.

Je devrais courir pour la retrouver, m'inquiéter, je n'y arrive pas. Ni Salvatore, ni Mme Olmo ni le docteur ne m'ont inoculé leur angoisse. Au contraire, plus je revisite le passé, plus je me heurte à Carlotta infirme, plus je la sens solide. Je suis arrivé trop tard quand la petite fille a joué avec le feu, trop tard pour savoir ce que cet Andrea a dans le ventre, trop tard pour que la mère de Carlotta me reconnaisse, trop tard pour enterrer la mienne. Assez de morts, assez de regrets, assez de chagrin, cette fois je sauverai la femme qui réclame mon aide.

Carlotta doit bien avoir un refuge quelque part. Je ne suis pas loin des vergers, peut-être l'y trouverai-je. Je traîne, je m'offre une orgie de fruits, ce sera mon déjeuner. J'évite les cédratiers. Un citron mutant, bosselé et martelé, la peau si épaisse, l'ongle ne l'entame pas. La mère de Carlotta en faisait une gelée incomparable. Dans ses bocaux, elle ajoutait des zestes de citron, j'y voyais des hippocampes en transparence. Je suis au milieu des orangers. Carlotta et moi, nous n'avions pas assez de nos mains pour en ramasser les fleurs. Nos poches étaient vite pleines. J'utilisais les pans de ma chemise pour transporter les têtes blanches au parfum sucré. La petite fille courait devant moi jusqu'au moment où elle s'allongeait, prête à recevoir une averse de fleurs. Les baisers que nous n'osions échanger, cette pluie blanche nous les donnait. Je versais sur elle ma récolte, la ramassant une deuxième fois à même la peau de Carlotta. Si je l'avais déshabillée, je n'aurais pas été plus délicat. Je ne voulais pas abîmer les fleurs si faciles à écraser. Il me les fallait entières pour les observer ensuite se déployer dans la théière. Les avalant, j'avais le goût d'une peau dissimulée sous des pétales.

Les cloches de l'église viennent de sonner deux fois, l'heure où le soleil traque les peaux tendres, je sais depuis longtemps comme une fougère peut y faire écran. Carlotta avait onze ans, moi quatorze et tout comme maintenant la lumière était brûlante. Une sueur chatouillait mes cils, elle a remonté son vêtement, me livrant son ventre nu sur lequel elle a déposé une fougère. Quelques heures nous avons bu le soleil. Quand j'ai ôté la feuille, l'ombre de la fougère avait laissé son empreinte sur la peau cramoisie tout autour. Pas une dentelure ne manquait, mon pinceau n'aurait pas mieux fait.

Notre histoire grandit là, dans ces heures silencieuses où ma main dessinait, avec pour la guider le regard attentif d'une petite fille concentrée. Je me battais avec la couleur, pas un vert ne m'aura donné la trouble transparence des yeux céladon. Je tentais des mélanges, aucun n'en approchait. Je ne me décourageais pas, au contraire, j'étais impatient de recommencer, fébrile, docile à la beauté. J'en oubliais de manger, de me laver, sourd aux remontrances d'une mère excédée de me voir « traîner » chez nos voisines. La petite l'agaçait et elle se méfiait de la mère. Moi, j'avais un rêve dans ma main, je le tenais, même si je devais encore l'atteindre. Je me suis éloigné d'une mère encombrante, je l'ai mise de côté. Je ne le souhaitais pas, c'est arrivé. Je l'ai quittée à ce moment-là, bien avant de partir. Nous avions beau vivre sous le même toit, j'étais loin. J'ai été injuste avec elle et je n'ai pas voulu réparer.

Une habileté de faiseur, des tableaux bien troussés m'ont donné les moyens de me balader dans des lieux encore vierges. Un savoir-faire opportun m'autorise à bouger où bon me semble. Comme singularité d'artiste, on fait plus ambitieux ! Pour aimer mon travail, nul besoin de culture si ce n'est en doubles rangées de perles autour du cou. Je peins comme j'ai vécu, en dilettante, rien de glorieux. Je ne suis d'aucune course, ma cote est correcte, je peux compter sur des acheteurs fidèles. J'ai l'art et la manière de me mettre au goût du jour tout en étant le premier à observer mes limites. Un vagabond qui aime son confort, voilà ce que je suis. Je ne peux même pas prétendre au statut d'artiste maudit et, je le sais, mon petit succès ne résistera pas au tri du temps. On m'oubliera, ma peinture ne laissera pas de traces.

Les quelques mots de Salvatore ce matin à propos de mes premiers tableaux me remuent. Il y a vingt-cinq ans, j'essayais encore, je cherchais. Pas pour une galerie ou un portefeuille garni mais pour ravir une petite fille, au point d'en faire une image mentale.

J'ai été à l'autre bout du monde peindre des rochers, c'était elle encore qui surgissait de la toile. Rien ne peut pervertir la roche, les éléments l'érodent, la polissent, elle résiste, même à l'état de galets. Certains rochers sont d'un rouge si violent, on croirait une chair tuméfiée. Les veines de la pierre me ramenaient à d'autres marbrures, assez vénéneuses pour remuer mon sang.

J'avais réclamé à la petite fille une collection de suçons, je lui apprenais à sucer sa peau, à la pincer fort pour obtenir la marque voulue. J'avais le goût des teintes violentes, je me délectais d'une diaprure bientôt difficile à dissimuler. À l'école certains s'en inquiétèrent. Une nouvelle fois, la mère de mon cobaye nous défendit, affirmant haut et fort : « À l'âge où d'autres font les ânes, ce garçon et ma fille font œuvre, c'est épatant. »

Était-ce d'avoir grandi entre des murs fuchsia, j'étais obsédé par le rouge au point d'attraper volontiers des coups de soleil pour retrouver un carmin ou travailler un vermillon. Quand l'hiver interdisait ce que Carlotta appelait « nos siestes grillades », je l'invitais à sauter, à gesticuler dans tous les sens jusqu'à en devenir pourpre. Je lui demandais de simuler la tétanie, elle s'échauffait, je prenais mes pinceaux.

Juste avant de quitter notre île, une autre lubie m'est venue. J'avais découvert un autre rouge. Dans un premier temps, je me suis contenté des couches gorgées du sang menstruel maternel trouvées dans la poubelle. Cela ne m'a pas suffi et j'ai convaincu Carlotta de me donner son sang. Après les suçons, je pratiquais l'art discret de l'incision. Carlotta ne s'est jamais plainte, je taillais délicatement sa chair dans des endroits cachés. Cela marqua la fin de mon apprentissage. Peu après, son bras s'enflammait.

J'ai sorti mon tableau de son emballage. Je cherche le défaut, la fraude et j'y vois ce que j'ai toujours voulu peindre. Je suis heureux, vraiment heureux. La mère de Carlotta avait pour habitude de dire que les nuages sont les rêves des gens. Avec ce tableau, je marche dans mes rêves sans trébucher. On y voit Carlotta, son corps comme une ombre pâle, ses yeux, un ciel d'orage. Surtout, on y voit un monde qui n'existe que pour celui qui le regarde. Serai-je parvenu à peindre l'invisible ? Aucune trace du lac dans mon tableau et pourtant... il est là, partout, jusqu'à Carlotta qui s'y noie.

Le lac ! Comment n'y ai-je pas pensé ! Il est si profond. Ne dit-on pas qu'il pourrait contenir une armée ? Il renferme déjà assez d'enfants noyés, il n'a pas besoin d'une petite fille de plus.

La noyade, la hantise des parents de l'île dès que leur enfant commence à marcher. Avant l'âge de huit ans, interdiction d'approcher trop près du lac sans un adulte. Au gré des générations, chaque famille pleure son noyé. Salvatore et moi avions douze ans quand un de nos camarades a coulé. Le coup classique, un père pêcheur, une envie d'aventure, le pari imbécile d'une traversée clandestine en solitaire, une glissade, une perte d'équilibre, une tête qui se heurte au bord de la *lucia* et c'est le plongeon final. La mère, sur le quai, qui se tord les mains, un père qui retourne la barque comme un fou, la démonte, latte après latte. Lui ou un autre finira par trouver le gamin, les boyaux gonflés d'eau.

Des jours entiers, les hommes draguaient le lac et nos mères nous enfermaient, nous arrachant la promesse de ne jamais embarquer seuls, sous peine de les tuer elles. Carlotta en était effrayée, j'en profitais. C'était toujours la même caresse, ma main ouverte sur son front, assez grande pour enfermer ses tempes.

Les enfants noyés, les seuls à avoir gardé leur innocence. Carlotta a-t-elle choisi de les rejoindre ? En me mettant sur la pointe des pieds, je la verrai peut-être. Ça y est ! Je repère un point au bord du lac, un point qui bouge. Je l'ai enfin trouvée. J'en suis sûr, c'est elle là-bas dans ce renfoncement. Un endroit maudit, un lac dans le lac. On l'appelle le lac des limbes. Personne ne s'y risque, personne ! On y a trouvé les restes d'enfants noyés : un vêtement, une médaille, un doigt auquel un poisson s'était attaqué mais aucune des âmes minuscules restées prisonnières. Que fait-elle ? Elle s'avance ! Elle s'avance dans le lac des limbes ! Carlotta ! Carlotta ! Je suis trop loin, elle ne peut pas m'entendre. Et si je m'étais trompé. Et si elle ne m'avait appelé que pour assister à sa fin. Combien de temps encore aura-t-elle pied ? Carlotta ! Si elle continue, le lac va l'avaler. Carlotta ! Arrête de crier, Dino, ça ne sert à rien à part freiner ta course. Les autres m'avaient prévenu. J'ai voulu faire le malin, prendre mon temps encore une fois et je vais la perdre pour de bon. Je ne la laisserai pas se noyer sous mes yeux, ça non !

Plus je cours et m'approche du lac, plus Carlotta s'y enfonce. Elle a toujours ce drap dans lequel elle s'enveloppait pour nager. Tout se brouille devant mes yeux. Elle est là, sur le point de disparaître sous l'eau et moi je la revois après son opération, déjà attirée par le lac.

C'était la nuit, je la suivais, je me cachais, j'ai toujours pensé que Carlotta me savait derrière elle. Quand je l'avais vue sortir la première fois, enroulée dans son drap, quand j'avais compris qu'elle allait vers le lac, j'avais immédiatement pensé à son corps nu. J'étais resté sur la berge, je voyais des flaques de lune et son drap, une corolle autour de son corps immergé, on aurait dit une méduse géante. J'éprouvais un malaise, elle allait revenir, sortir du lac, le drap trempé l'exhiberait et cette vision d'elle je l'aurais volée. J'ai fermé les yeux. Carlotta déniait à quiconque de la voir dévêtue, même à elle. Elle m'avait avoué faire systématiquement le noir pour s'habiller, elle allait jusqu'à prendre sa douche à tâtons. Elle se coiffait à la diable, je rectifiais d'un geste, je veillais juste à ne pas frôler son épaule.

Quand j'avais rouvert les yeux, elle avait quitté l'eau. J'entendais ses pieds remuer les cailloux, puis plus rien. Je savais où elle s'était arrêtée. J'ai retenu mon souffle, j'ai attendu d'entendre les rames des premiers pêcheurs pour bouger. Une brume cendrée flottait sur le lac, on aurait dit un ruban qui fuyait. Je ne m'étais pas trompé, le banc de pierre où Carlotta s'était allongée portait encore l'empreinte humide de sa chair. Elle n'était plus là et pourtant je caressais son corps interdit. La pierre était rugueuse, froide, qu'importe, où c'était le plus sombre, j'avais appuyé mes doigts, écrasant mes paumes à m'en faire mal. Je touchais l'imparfait, voué à rester un mystère couché sur un banc de pierre.

Tout un été je l'ai suivie. Je n'ai jamais ouvert les yeux quand elle sortait du lac dans son drap trempé. Dans l'eau, Carlotta redevenait la gamine guerrière, sauvage, conquérante d'un corps impossible qui l'attendait sur la rive.

Elle se penchait au-dessus du lac, le buste basculé vers son gigantesque miroir. Elle avait tiré ses cheveux, dégagé sa nuque, sa main immergée avait un mouvement de va-et-vient, l'eau se déplaçait, son épaule remuait, un bras lui poussait, liquide et mouvant, fugitif, un bras tout de même. Dans le mouvement des vaguelettes, son reflet s'animait et lui offrait l'image d'un corps entier. L'eau troublée lui redonnait un bras, qu'un lac bousculé dessinait dans la pénombre. Au point d'oublier le corps mutilé sous le drap.

Le temps d'arriver sur le rivage, Carlotta a plongé. J'enlève mes chaussures, ma chemise, je cours dans l'eau, nage comme un forcené, je dois l'obliger à remonter. C'est noir dessous, hostile, cette ombre pâle… on dirait mon tableau… Son drap fait une traîne derrière elle. J'y suis, je le touche, je la tiens. Elle se débat, me donne des coups, s'il le faut, je l'assomme. Je l'oblige à respirer, je la pousse hors de l'eau, j'ai l'impression d'avoir bu la moitié du lac, je vais y arriver, mes pieds touchent le fond, je peux marcher, je marche, on dirait que la vase veut me retenir, encore un effort, Carlotta hurle, je ne l'entends pas, je la jette sur la rive entortillée dans son drap, j'ai envie de vomir.

— Tu es fou !

— Il ne fallait pas me demander de revenir, Carlotta, pas pour ça.

— Pas pour quoi, qu'est-ce que tu racontes ?

— Je ne te laisserai pas te noyer sous mes yeux. Non !

— Ah, c'est ça… passe-moi la serviette, j'ai froid.

C'est quoi cette serviette, on n'emmène pas une serviette quand on se noie ! Je ne l'ai sauvée de rien du tout, elle nageait et moi, avec cette histoire d'enfants noyés, ma peur d'arriver trop tard, je l'ai sortie de force du seul endroit où elle est bien.

Elle se sèche, se rhabille, me tend la serviette, elle a gardé un coin sec pour moi. J'essuie un peu de vase restée sur sa joue, j'ai dû la traîner un peu brutalement. Je vois deux orbites trop profondes, le tourment aux aguets, un visage émacié. Je lui ouvre mes bras, j'ose enfin, nous tremblons et ce n'est pas de froid, Carlotta se blottit, je me retiens pour ne pas la serrer trop fort, non je ne me retiens pas. Elle a un soupir, un sanglot ou un rire, je ne sais pas. Elle accepte mes mains sur elle, je la sens glisser, elle se recroqueville, elle pourrait enfoncer ma peau tant elle appuie dessus de tout son poids, elle accepte de ne plus être seule.

Je lui dis que je suis là maintenant, elle pourra compter sur moi. Elle secoue la tête, à peine, comme si elle ne voulait pas me blesser : « Toi ? Ce n'est pas simple, nous deux… » Et, brusquement, elle change et ajoute férocement :

— Tu crois quoi, Dino ? L'île ne va pas arrêter de tourner parce que tu rentres.

— Tu as raison, ce n'est pas simple, nous deux, et tu sais quoi, je ne sais pas si je rentre.

Carlotta me raconte le lac, comme en l'enveloppant il dénoue ses nerfs. Depuis quelque temps, elle y nage autant qu'elle le peut. Son front le premier fend l'eau, plus elle s'éloigne de la rive, plus elle fait confiance à son corps. Il n'y a plus de fille raccourcie, juste une rescapée au sourire qui prend l'eau.

Une chose est certaine, l'envie de voir sous sa chemise m'a passé. Le talon de ses pieds est raviné. Elle marche pieds nus comme sa mère sous ses grands arbres, sa fille n'a pas sa beauté ardente mais sous une surface apparemment lisse, combien de tombants ? On sent qu'à la toucher on serait aspiré, ça ne donne pas forcément envie d'essayer. Sa gorge a-t-elle jamais vu le soleil ? Un large quartier d'elle est condamné à l'obscur, celui-là attire. Désir et répulsion, je gage qu'Andrea s'y sera brûlé.

— Tu as déjà essayé d'attraper l'eau, Dino ? Enfant, je m'étais mis en tête de tenir le lac dans mes mains, je n'attrapais que le pollen resté à la surface. Je pouvais y passer des heures, l'eau me filait entre les doigts, je recommençais, obstinément. Chaque fois, je croyais y arriver et elle s'échappait. L'idée de t'attraper, toi, m'est venue là. Je pensais : si lui je le retiens, alors ce sera facile avec l'eau. Tu étais un grand pour moi, toujours fourré avec Salvatore. Je vous observais, j'ai même hésité entre vous deux. J'ai remarqué que ta mère nous jugeait, la mienne et moi, j'ai eu envie de l'embêter, ce serait toi mon inséparable.

Elle parle sans pause, sans respiration, comme si elle craignait de ne pas pouvoir aller au bout. Et tout le temps où elle parle, elle triture un papier. Elle va finir par le déchirer, quand je retiens ses doigts, elle me repousse. Sa voix est monocorde mais eux pincent, froissent la pauvre feuille. Une autre lettre ? Ce n'est pas la même écriture. Je ne sais pas à qui Carlotta parle, je ne suis pas sûr que ce soit à moi, elle est en roue libre. La lettre n'est plus qu'une boule dans son poing. Elle la regarde comme si elle hésitait.

— Tu crois que les souvenirs vieillissent ? La cabane, voilà mon premier souvenir. Une cabane en cheveux, ceux de ma mère. Elle ne les détachait que lorsque nous étions seules, personne d'autre n'en profitait. Ses cheveux lâchés, elle était encore plus ma mère. Elle ne me prévenait pas mais je voyais sa main les libérer, je me faisais toute petite, ils me recouvaient, pas un morceau de moi ne dépassait. J'aurais voulu rester comme ça toujours. Et puis un jour, je suis devenue trop grande pour la cabane, ses cheveux avaient beau lui tomber jusqu'à la taille, ils ne me recouvraient plus. J'ai passé trop de temps, Dino, à me souvenir. J'ai été une forcenée des moments heureux. Il y a eu l'accident et puis ma vie est devenue un après. J'avais un tel besoin de revenir à des jours sans morphine, sans os trafiqués. Avec l'amputation, quelque chose dans ma tête a décidé que j'avais eu ma dose de malheur et je me suis retrouvée avec une mémoire trouée. Toi et ma mère vous êtes les premiers à l'avoir remarqué, ce qui me blesse s'efface, à moins d'en garder une preuve. Le tout est de choisir. L'oubli, c'est perdre un peu de ma vie, mais c'est aussi la faire plus douce. Je n'hésite pas longtemps.

La cabane trop étroite, sa mère en a appelé au ciel et a imaginé que les nuages au-dessus de nos têtes étaient des rêves. Encore maintenant, Carlotta ne peut s'empêcher de voir dans le reflet du ciel autant de rêves filer à la surface de l'eau. Seulement, le rêve contient son cauchemar. Carlotta me le confirme, elle nage dans le lac des limbes pour se rapprocher des enfants noyés. Elle y trouve une paix. Eux n'ont pas grandi, eux n'ont pas perdu leur innocence.

Elle a enfin arrêté de triturer son papier, cela m'oppresse de voir comment elle l'écrase dans sa paume. En desserrant son poing, Carlotta nous permet de souffler. Elle ressemble à ce qu'elle raconte. Ses yeux sont injectés de sang, ses lèvres trop pâles disent l'anémie, elle est tendue à se rompre. Elle grelotte, le soleil est à son zénith et elle grelotte. Je lui donne ma chemise, elle ne sera guère plus couverte mais je veux faire ça pour elle. La manche vide paraît gigantesque. Carlotta suit mon regard, elle attend que je fasse quelque chose. Je pourrais l'embrasser ou lui caresser la joue, je prends la manche et l'enroule autour de son cou et je mets dans mon geste ma tendresse infinie pour cette femme. Son cou au moins aura chaud avec mon écharpe de fortune – « Tu auras chaud », je parle si bas, je ne sais pas si les mots vont plus loin que mes lèvres. Il me semble qu'elle tremble moins. Elle recommence à parler, elle nous emmène à l'hôpital rejoindre une petite fille mal en point. L'hôpital et son ballet de médecins, d'infirmières, d'aides-soignantes, tous ces docteurs qui voudraient l'aider et n'y arrivent pas. La petite, au milieu, qui devine que quelque chose ne va pas.

— J'ai onze ans et j'ai peur. Peur du noir, peur de la lumière, peur du silence, du bruit, j'ai peur, Dino ! J'ai peur de mon bras, peur de ma mère. J'ai mal et je ne comprends pas pourquoi. C'est à elle de me sortir de là, c'est elle qui soigne mes rhumes d'habitude.

Carlotta raconte et j'ai devant moi une enfant allongée dans un lit d'hôpital, avec des bandelettes jusqu'au cou. Un papier buvard sous lequel un reste de rien suinte. Même l'air la blesse. Une enfant qui souffre trop tôt, qui redoute de voir entrer un docteur ou une infirmière. Quand elle les voit pousser la porte, les larmes lui viennent, dans quelques secondes, elle aura affreusement mal.

Dans un coin de la chambre, une mère bombarde de questions les infirmières et colle au train du chirurgien. Elle ne porte plus ni ciré ni nuisette, la petite fille se demande si elle a le droit d'être encore sa maman. Quand sa mère suit le médecin dans le couloir, c'est comme un réflexe, ça vient tout seul, elle respire mieux. Elle veut que sa mère le sente, elle veut que tout le monde sache qu'elle lui a fait du mal même si elle a le cœur atrocement pincé quand sa mère referme la porte un peu trop vite.

Un matin, le chirurgien reste dans la chambre. Il a quelque chose à dire, il choisit ses mots, il regarde le mur. La petite fille essaye d'attraper ses yeux, rien à faire. Il fait des phrases et tout d'un coup sa mère se courbe en deux, comme si elle avait reçu un coup à l'estomac. Ce n'est pourtant pas elle qu'on charcute. La petite fille s'enfonce dans le lit, elle ne veut surtout pas que sa mère la touche. L'homme accélère, il parle trop vite, les mots ne vont pas bien loin, ils se cognent contre le mur : décomposition, amputée, guérison, invalide, ils ricochent sur le plâtre et lui tombent dessus. On peut vivre sans un bras, pas avec une gangrène. On va lui couper un bras. Demain.

Elle ne savait pas qu'on coupait les bras. Elle coupe la viande dans son assiette, la tige des fleurs, elle coupe ses ongles. Un bras, elle ignorait que c'était possible. Au moins, elle n'aura plus mal sous les pansements. Avec quoi va-t-on le couper ? Pas un couteau ! Des ciseaux ? Elle préfère ne rien demander. Et après, qu'est-ce qui se passe ? Ça met combien de temps à repousser, un bras ?

Carlotta aura passé les dernières heures avec un bras perdu sans pouvoir penser qu'il ne serait pas remplacé. Ce n'est qu'au moment où l'on est venu la chercher, en voyant sa mère s'effondrer, qu'elle a compris.

— Je l'ai suppliée d'empêcher la mutilation, crois-moi, j'y ai mis toutes mes larmes, ma détresse. Je lui ai même demandé de me donner un de ses bras ; c'était elle la grande, elle se débrouillerait pour en trouver un autre. Évidemment, rien n'y a fait. Quand je me suis réveillée, je n'avais plus mal, au point de croire que j'y avais échappé. J'étais dans une chambre plus petite, ma mère penchée au-dessus de moi. Nous nous sommes souri. Je me sentais mieux, tout avait dû rentrer dans l'ordre, inutile de couper mon bras. J'allais pouvoir recommencer à être heureuse avec ma maman. J'ai essayé de m'asseoir, je me dandinais. J'ai voulu m'appuyer sur les coudes, il en manquait un.

La petite fille a alors compris qu'elle aurait une vie différente, la première était perdue. Elle a senti une drôle de bestiole l'envahir, prendre toute la place, l'angoisse s'installer.

À l'hôpital, elle était une infirme parmi d'autres, noyée dans la masse des amochés. Que trouverait-elle à la place de son bras. Un trou ? Une boursouflure ? De quelle couleur : blanc, rouge, noir ? Et son sein gauche ? Pourrait-il pousser ? Quand toutes ses interrogations faisaient trop de questions, elle fermait les yeux et imaginait un nuage capable de remplir le ciel avec son rêve, elle en avait un seul maintenant. Si elle dormait beaucoup, peut-être se réaliserait-il. Comme rien n'arrivait, elle a compris qu'aucun rêve ne viendrait à son secours. Moi, il m'a fallu des années pour comprendre que ce sont les nuages et non le ciel qui avancent.

Un jour, sa blessure n'en a plus été une, le moignon faisait partie de ce que Carlotta était devenue ; quelqu'un dans une autre peau qui aurait guéri à son corps défendant. Elle l'acceptait. La petite fille a fini par quitter son lit et elle n'est pas tombée, par se laver sans se vomir.

Carlotta a alors inventé un nouveau monde, pour elle d'abord, pour les autres naturellement. À l'école, on nous a appris que deux cent soixante kilomètres font le tour de notre île. Avec Salvatore, nous avions mesuré deux cent soixante mètres et divagué sur les kilomètres, ils nous semblaient être le bout de l'univers. En partant j'ai été voir derrière et bien plus loin, j'ai franchi des lignes de fuite. Toujours ailleurs pour ne pas être là. Ce n'était jamais assez. Carlotta va au-delà, elle invente une réalité jusqu'à en faire un souvenir avec lequel des hommes et des femmes vivront mieux.

— Il a fallu rentrer, je restais infirme, mais je n'avais plus ma place parmi les malades. Cachée dans le ventre du bateau, je t'ai vu avancer vers ma mère, j'entendais la rumeur, un village curieux, impatient de punir, de plaindre. Je n'ai pas eu envie de la protéger. Quand je t'ai rejoint dans le salon, Dino, l'espace d'une seconde, je t'ai aimé invraisemblablement. J'aurais pu m'écrouler.

Elle a vu le miroir. Il n'y avait plus d'infirmière ou de psychologue pour s'interposer, il y avait juste un jeune garçon, dépassé et interdit. C'est une chose de se voir du coin de l'œil, c'en est une autre de se regarder en face. Carlotta savait ce que dissimulait son vêtement, elle connaissait des détails à ne partager avec personne, elle avait observé l'évolution des bourgeons, elle en était à épier un os bien capable de repousser après avoir été raboté. Elle avait vu son moignon sous toutes les coutures mais elle n'avait pas mis de visage avec. On y était, elle n'avait même plus ses yeux d'enfant pour pleurer, ceux qui la fixaient n'auraient jamais dû lui appartenir.

— Tu ne pouvais pas m'enlever moi, alors tu as décroché le miroir.

— Tu n'as rien mis à la place, j'ai vu sa trace tout à l'heure.

— Je le fais exprès. Personne n'ose me parler de mon bras.

— Tu es tranchante, on craint de se couper.

— Tu ne comprends pas, Dino, j'en veux à la petite fille de s'être crue à l'abri avec une maman.

Elle a dit le dernier mot dans un souffle et à l'instant où je pensais, voilà, elle s'apaise, je l'ai sentie à nouveau se raidir comme s'il n'y avait pas de douceur possible. Son visage se ferme, elle a tout d'un naufrage, elle ne se ressemble plus.

Même si, son air farouche, lui n'a pas pris une ride. J'ai tellement vu Carlotta se défendre de ceux qui l'aimaient le plus. Son agressivité, sa rapidité à changer d'humeur en tétanisaient plus d'un. Son bras manquant frappait violemment. J'encaissais, incapable de parer. Être avec elle se résumait à un qui-vive permanent. Têtue et impulsive, une impatience à épuiser une patience, je faisais avec même si parfois elle dérapait. On pardonne beaucoup à ceux que l'on protège. Quand Carlotta devenait trop injuste, j'arrivais à sourire, je voulais l'aider coûte que coûte, qu'elle le sache. Je serais là pour elle, à tout prix. Jusqu'au jour où j'ai commencé à penser que ses changements d'humeur, leur violence pourraient bien m'arranger. Ils m'autoriseraient à partir, à la laisser.

— Je peux mettre ma tête sur tes genoux, Dino ?

— Tu as froid, rentrons.

— Non. J'ai à te parler, là-bas je ne pourrai pas, chez moi, c'est une cage. J'espérais que tu viendrais ici.

— Tu m'as fait courir même si j'ai pris mon temps.

— Pourquoi tu ne t'allonges pas, toi aussi. On est bien. Dis-moi quelque chose, quelque chose qui reste.

— …

— Dis-moi.

— J'ai lu les lettres. Je te cherchais, j'ai été dans ta chambre.

— Si tu les as lues, tu as compris.

— Qui les a écrites ? Oui. J'ai pensé un moment que c'était toi. Pourquoi m'en avoir envoyé une ?

— Pour croire que je n'étais pas seule, je suppose.

— Tu ne l'es pas Carlotta. Tu as raison, on est bien comme ça, on est bien tout court.

— Tu as vu le docteur ? Il t'a dit pour ma mère.

— Il m'a surtout parlé de toi. Il faut te nourrir Carlotta, te soigner, ça ne sert à rien de te faire du mal.

— J'ai besoin de quelqu'un qui soit dans ma tête, tu comprends ?

Je remarque plein de petites imperfections sur ses joues, des vaisseaux éclatés, des cheveux blancs à ses tempes. Si je souffle sur son front, peut-être viendrai-je à bout de la tempête dessous. Elle a encore basculé je ne sais où, elle a beau être maigre, elle pèse des tonnes. Ça veut dire quoi, j'ai besoin de quelqu'un qui soit dans ma tête. Je ne suis pas certain, moi, qu'on soit bien dans sa tête.

— Avec ma mère, tout était trop fort, trop rapide, heurté, sa joie comme sa générosité. Sa douceur était presque brutale. Et puis un jour, elle s'est mise à m'aimer mieux, à m'aimer pour rien. Du coup, je ne me sentais plus obligée de l'embrasser à tout bout de champ ou de rogner sur le temps passé avec toi. Je savais une chose, c'était arrivé avec le beau jeune homme. Avant lui, d'autres élèves avaient vécu sous notre toit, ma mère ne changeait rien pour eux, ils arrivaient, ils repartaient. Lui, je n'ai pas cessé de demander à ma mère de le garder.

En ce qui concernait ses élèves du continent, la mère de Carlotta avait une règle, aucun ne restait à demeure au-delà d'une saison. Le beau jeune homme n'y échapperait pas, même si celui-là faisait plus que les distraire, il les rendait plus belles. À onze ans révolus, Carlotta avait envie de plaire et sa mère rayonnait. L'été s'achevait et avec lui le temps imparti au beau jeune homme. Les soirées devenaient fraîches, la cheminée, le soir, marchait à plein régime. Le feu magnifiait la mère de Carlotta. Elle se collait, accroupie à la cheminée, elle ne voulait aucune pince ni soufflet, ne craignait pas les escarbilles, elle aimait les hautes flammes. C'étaient des soirées sereines. Si elle avait osé, Carlotta aurait appuyé son dos contre les jambes du beau jeune homme, pourtant elle ne bougeait pas, à égale distance de l'un et de l'autre, entre eux. Le côté tourné vers sa mère la brûlait, l'autre avait froid. La mère ne se détournait du foyer qu'avec les braises, on aurait dit qu'elle revenait de je ne sais où. C'était le signal du coucher. Combien de ciels d'incendies j'ai peints en me souvenant de son visage à ce moment-là. Quand Carlotta se lèverait le lendemain, sa mère aurait déjà préparé le bois pour la flambée. Le beau jeune homme là, j'ai déserté nos soirées au coin du feu, je me sentais de trop. Le jour de l'accident, j'aurais pu être avec Carlotta devant la cheminée, je me suis souvent dit que j'aurais dû être là.

— Ma mère me le répétait assez : « Tu es née deux fois, sous les grands arbres et dans mon ventre avant. Chaque fois que tu bougeais, c'est la vie qui m'appelait. » J'aurais mieux fait de m'abstenir de bouger, cela m'aurait évité de brûler vive, de devenir cette fille fournaise. Tu es arrivé à temps, Dino.

— À temps pour quoi ?

— Il y avait tellement de fumée dans la pièce et cette odeur, je perdais connaissance, j'ai senti tes mains me soulever.

— Ce n'étaient pas les miennes, Carlotta, mais celles du beau jeune homme. C'est lui qui est arrivé le premier.

— Ce n'est pas possible, il était dans le lit de ma mère.

— Justement. J'aurais aimé te sauver, Carlotta, mais non.

— Finalement… ils sont venus, alors. Il a dû faire vite pour arriver avant elle. Je croyais qu'aucun des deux n'avait bougé, je les ai détestés pour ça.

— On sait ce qu'il est devenu ? Ta mère l'a revu ? Ces lettres, tu les as depuis longtemps ?

— Non.

— Il n'a pas essayé de la relancer ?

— Il aurait fallu que mon bras repousse.

Il était une fois une enfant. Intacte encore. Une petite fille sans larmes…

En imaginant la petite fille aux prises avec le feu, je n'étais pas loin de la réalité. Pour la première fois, Carlotta raconte ce qu'elle n'a jamais dit. La soirée devant la cheminée, à les attendre, à en avoir marre d'être seule, jusqu'à toucher le feu pour provoquer je ne sais quoi ou simplement tromper l'ennui. Elle raconte sa stupeur devant son bras enflammé, sa peur d'être grondée par sa mère. Elle a des phrases sèches, informatives, quand elle arrive à la chair noircie, sa voix n'a plus d'âge.

Carlotta aurait voulu rassurer tout le monde, se lever de son brancard mais elle était incapable de sentir où son corps commençait et finissait. Elle évitait le regard de sa mère, elle craignait de l'avoir déçue en ne lui ayant pas obéi, même si au fond d'elle, elle avait commencé à lui en vouloir. L'accablement est venu sur le bateau, après la bousculade, le trop-plein, la panique et les airs catastrophés, elles se sont retrouvées toutes les deux. Quelqu'un a tendu un ciré à sa mère, il ne pleuvait plus mais la nuisette dérangeait. Chaque fois que le fond du bateau heurtait l'eau, la petite fille hurlait. La douleur avait commencé.

Sa mère ne s'est plus jamais éloignée d'elle, Carlotta n'a jamais pu l'aimer comme avant. En même temps, elle s'est convaincue d'être une déception pour sa mère, un boulet. Elle détournait la tête, ne supportait plus ses baisers. Sa mère a fini par cesser ses caresses. De cela aussi, sa fille lui en a voulu. Elle a choisi ce qui lui semblait être le plus rude pour sa mère : le silence avec ce besoin de la pousser à bout, de punir. Elle l'a rejeté violemment. Rien ne serait trop dur pour elle. Même si, murmure-t-elle, s'attaquer à sa mère, c'est aussi se punir. Elle l'a compris il n'y a pas si longtemps.

— À toi Dino, je peux l'avouer, sa maladie m'a laissée de marbre. J'ai essayé d'être triste mais non. Je la regarde se dégrader et je ne ressens rien. Je l'ai nourrie, lavée, ce sont des gestes mécaniques, pour ce qui est de l'affection, je me force. J'ai essayé de me raisonner, de faire remonter les premières années, sa bourrasque tendre. Tu sais, toi, comme elle a été une maman rare.

— C'est cruel de ne plus t'occuper d'elle. Ces gestes même mécaniques, elle en a besoin.

— Je ne veux pas le savoir.

— Elle est impotente, Carlotta !

— Je ne peux pas.

— Dis plutôt je ne peux plus. Pourquoi ?

Sa tête est restée sur mes genoux, elle a récupéré la feuille échappée de son poing, l'a dépliée, tout ça sans me lâcher du regard, comme si elle me défiait.

Elle a encore changé de figure, je lui trouve un air à la fois épuisé et exalté, c'est moi qui finis par regarder ailleurs. Ça paraît plus facile de fixer le soleil. Quand je reviens vers elle, Carlotta n'a plus de visage. La lettre posée dessus lui mange le front et le menton. Sous le papier criblé d'encre, je devine deux yeux grands ouverts, ils ordonnent et supplient. Je lis.

Chère Carlotta,

Je suis parti vite. Deux fois. Deux fois, j'ai perdu une femme que j'aurais pu aimer. Tu sais qui je suis. Tu ne le veux pas mais tu le sais. Et moi, je sais à quelle histoire d'amour j'appartiens, à la mienne, à la sienne, pas à la tienne. Nous savons, Carlotta, que ta mère est la femme qui a manqué à ma vie.

Tu m'en voudras peut-être de t'écrire à toi combien je la chéris, combien je lui appartiens. Tu m'en voudrais d'être resté, de te faire l'amour dans une maison où j'ai été heureux avec elle. Tu ne m'en voudras pas d'essayer de dire comme elle ne m'a jamais quitté. Elle chantait à mon oreille et j'avais l'impression d'entendre son âme murmurer.

Il me semble que je l'entendrai encore après la mort.

Je la regardais, j'avais ce désir de la regarder toujours et après. Elle voulait, disait-elle, que le temps aille vite pour avoir tout vécu auprès de moi et aussi, elle aurait voulu le retenir pour que nous durions au-delà du temps.

Je ne me suis jamais éloigné, j'avais besoin de penser que je veillais sur vous, besoin de croire à une place auprès de vous. J'ai voulu l'embrasser une fois encore et je t'ai trouvée toi.

Tu lui ressembles, tu sais, la bouche, des expressions mais c'est autre chose, je suis éperonné et mon amour me laisse interdit devant une femme délicate et absolue, une femme aux yeux indéfinissables. Toutes ces dernières semaines dans la chambre au-dessus du salon, je pensais à toi, à toi, Carlotta, pas à elle. Tu étais en bas et je guettais un battement de cil de ta mère, elle seule aurait pu m'autoriser à t'aimer. Rien, elle n'a pas bougé un cil. J'écris et d'autres larmes reviennent, personne ne les aura vues sauf un jeune garçon peut-être. Il pleuvait ce jour-là et mon rêve s'échappait. Je n'ai pas essayé de le rattraper, j'aimais trop ta mère pour lui réclamer l'impossible. Et toi, m'aimeras-tu assez pour ne pas me répondre ?

Andrea

Andrea, le beau jeune homme ? Une minute sous la pluie au bout d'un quai aura suffi à nous lier lui et moi. Je l'avais laissé à la nuit, et ne le voyant plus le lendemain, j'ai pensé qu'elle l'avait avalé pour de bon. Tout comme ce bateau emmenant la petite fille et sa mère.

L'encre se dilue… elle envahit la page, noircissant le visage d'une femme éperdue. Cette lettre est une caresse cruelle. Carlotta a un fol amour tatoué à même la peau. Il aurait fallu deux hommes, ils n'en font qu'un seul. Elle m'a dit avoir besoin de quelqu'un qui soit dans sa tête. Pour décider à sa place ? Que va-t-elle faire de la lettre ? La mémoire à trous de Carlotta est un moyen sûr d'effacer Andrea, qu'elle la jette et elle l'oubliera. Supprimer ce papier, c'est le supprimer lui. Carlotta avait deux bras mais elle n'aura qu'un seul amour. Je l'aiderai à trancher. Le soir où le feu l'a fauchée ce ne sont pas mes mains qui l'ont relevée, aujourd'hui, je suis là.

Elle ne me regarde plus, elle est quelque part derrière le ciel, elle aurait presque la voix d'une petite fille.

— Avant cette lettre, Andrea m'en a écrite une autre dans laquelle il réclamait une *souvenance* à l'inventrice de souvenirs. En quelque sorte, il me demandait une femme, elle l'obsèdait, il l'avait possédée brièvement, il avait été banni. Il n'a rien tenté, pas même espéré, il avait juste continué à vouloir tout savoir d'elle. Il respectait une décision irrévocable, la femme mourrait bientôt sans connaître sa fidélité. Il allait la perdre une deuxième fois, il n'y pouvait rien mais avant, il voulait le souvenir d'un amour accompli, vécu. À moi de l'inventer.

Sa lettre m'a intriguée, j'ai eu envie de le rencontrer. Au début, il m'a déçue, je le trouvais frivole, le genre noceur, ça ne collait pas. Il parlait d'un tas de femmes qui n'en faisaient même pas une. J'étais prête à le renvoyer par le premier bateau quand j'ai remarqué sa jambe, elle n'arrêtait pas de bouger, on l'aurait dit sur ressort, elle lui échappait. J'ai compris qu'il était nerveux, mal à l'aise. Il était malheureux et ne le disait pas. J'ai décidé de le garder. Tu sais, je fais un sacré tri avant d'accepter les clients étrangers à l'île. On avait un accord avec ta mère, elle me prêtait ta chambre pour les loger, en échange je lui faisais une *souvenance.*

— Tu faisais une *souvenance* à ma mère ! Laquelle ?

— À ton avis.

— …

— Ne t'en veux pas, Dino, elle, ne t'en a pas voulu. Elle avait juste besoin de t'avoir un peu de temps en temps.

— C'est terrible ce que tu me dis.

— Non, c'est l'amour d'une mère pour son fils. Elle refusait que je t'en parle, je ne le fais pas pour te blesser mais pour que tu saches comme elle t'aimait. Je lui ai inventé une vie avec son fils auprès d'elle. Pense un peu, j'avais toute notre enfance pour la régaler de souvenirs. À partir de là, ça a été facile de faire de toi un fils.

Le soleil s'est voilé, à mon tour de frissonner. Je n'avais jamais pensé que ma mère puisse souffrir de mon absence. Décidément, elle revient décidément fréquemment dans cette journée qui contient bien plus que ma vie. Carlotta continue avec Andrea. Dès la première séance, il lui a décrit une existence improvisée. Vivre la nuit, selon lui, « est plus facile, on y voit moins clair ». Il profite d'un argent hérité sans effort, en quantité suffisante pour ne pas travailler.

Carlotta sentait une zone d'ombre. Il était extrêmement courtois, sincère et pourtant quelque chose ne collait pas. Il avait tout de suite repéré la mère de Carlotta coincée dans son fauteuil, il avait été vers elle, comme si cela allait de soi, en homme bien élevé. Carlotta avait la certitude tout à la fois perturbante et merveilleuse d'être destinée à cet inconnu.

Elle a voulu lui plaire. Ses pieds secs, elle les a fait tremper dans des casseroles pleines d'huile d'amande douce, jusqu'à retrouver ses talons de petite fille. Son épaule coupée, me dit-elle, la démange encore parfois. Qui en guise de caresse voudrait apaiser un moignon ? demande-t-elle. Ce sont des pensées qui tourneboulent. Face à Andrea, Carlotta s'est surprise à penser : si cet homme m'enlacait, je ne reculerais pas. Ne vient-elle pas de me dire : « C'était donc possible, un homme pour moi, un homme sur moi. » Seulement Andrea n'était pas là pour elle mais pour une autre. À l'inventrice de souvenirs de les réunir !

Pour lui, Carlotta a intimé à son désir de prendre le dessus. D'habitude, elle côtoie peu ses clients du continent, elle avait besoin d'avoir Andrea tout le temps avec elle.

Pour ça, elle a utilisé sa mère, acceptant l'aide de son client pour la nourrir. Je l'ai constaté ce matin, une compote réclame une heure. Il peut se passer un quart d'heure entre deux cuillerées sans que la bouche s'ouvre. Sa mère devenue un moyen, Carlotta s'en est occupée comme jamais pour forcer l'admiration d'Andrea. Avant, le temps passé auprès de la malade semblait ne jamais finir. Avec lui dans la pièce, elle aurait pu y prendre racine.

Pendant qu'il alimentait sa mère, Carlotta piochait dans des romans des déclarations définitives. « J'ai plissé les yeux pour étrangler le temps... toute la durée de ma vie n'a été que l'attente du jour où je te protégerai. » Harponner Andrea en lui lisant les fulgurances d'Erri de Luca, c'était déjà s'offrir « une heure plus qu'un quelconque toujours ».

Elle se tait, elle est repartie dans cette chambre. Andrea, Carlotta, sa mère, enfermés là-haut, chacun avec son secret. Andrea tirait le fauteuil dans le soleil, Carlotta voyait en sa mère une fleur privée d'eau, tout à fait fanée. Parce qu'on l'a admirée, dit-elle, on ne se résout pas à la jeter, les jours passent et on s'habitue à la voir se dessécher. Elle reste celle que l'on a cueillie parce qu'on la trouvait la plus belle.

Comment Carlotta arrive-t-elle à respirer sous sa feuille de papier ? On la lui croirait cousue sur le visage. Je regarde les mots qui glissent sur sa peau. Là où les larmes ont coulé, l'encre bave, comme si les blancs de sa mémoire se retrouvaient dans cette lettre en partie effacée. Le soleil a commencé à décliner, nous sommes hors du temps, Carlotta m'entraîne dans une histoire dont elle n'est pas revenue.

— Si j'avais pu nous couper du monde… et de cette femme inventée pour lui. Ceux de l'île ont senti notre besoin d'isolement, j'ai commencé à espacer les autres *souvenances*. Salvatore continuait à m'apporter du poisson mais il ne restait pas.

— Ta mère ne vous gênait pas ?

— Non. C'est terrible à dire, les progrès de la maladie semblent lui réussir. Y a-t-elle conquis un peu de la paix que je lui ai refusée ? Je préfère ne pas y réfléchir. J'aimais voir Andrea prendre soin d'elle. Je me disais : au moins, pendant ce temps, il ne pense pas à l'autre. Comment deviner que justement elle était entre nous, immobile dans son fauteuil. Je donnerais tout pour l'ignorer encore.

— Ça ne tient qu'à toi. Détruis la lettre. Le beau jeune homme restera un beau jeune homme et Andrea redeviendra Andrea.

— Je ne peux pas. De toute façon, Andrea est bien venu pour une autre que moi.

— Oui mais si ce n'est plus ta mère, si tu l'oublies.

— Il aimait, disait-il, me parlant de cette femme, son dos, fin et musclé, il aimait comme elle dansait pour lui, toute nue, en se trémoussant sans s'inquiéter d'une pudeur élémentaire. Il aimait ses défauts, un chapelet d'imperfections, sa plus grande émotion finalement quand il la détaillait. Il aimait les accélérations qu'elle donnait à la vie. Il l'appelait « ma beauté ». Ses paroles me griffaient quand elles étaient une caresse pour ma mère. Je croyais qu'Andrea me parlait mais non, inlassablement il lui faisait sa cour. Deux aveugles, elle qui ne le regardait pas et lui étreignant un passé révolu.

— Il t'écrit qu'il t'aime *toi*, Carlotta. Tu l'as lu, non ?

— Justement. Si je déchire cette lettre, je déchire ça aussi.

Carlotta me raconte maintenant le versant noir de l'amour : la jalousie. À l'écouter, on y laisse la raison. La jalousie, dit-elle, ronge, dicte des aberrations, épuise. Une fois empoigné, on est cuit, elle vous dissèque une volonté, pervertit et gâche tout.

Qu'est-ce que je sais, moi, de l'amour qui prend tout et donne plus ? Prendre et partir m'a souvent paru le plus simple. L'amour ne m'a pas manqué, c'est moi qui l'ai manqué. Sur le coup, cela ne m'a pas paru grave, n'y avait-il pas sur cette île une fille qui m'attendait. Une marchande d'illusions. Rester fidèle à une gamine me dispensait d'aimer ailleurs. Andrea aussi a décampé, lui et moi, avons au moins un trait commun : à un bonheur incertain, nous avons préféré le lointain, quitte à s'y perdre.

— Je ne me ressemblais plus, Dino. J'attendais qu'Andrea soit auprès de ma mère pour aller respirer ses chemises. Je ne fouillais pas, je voulais juste son odeur. Je respirais ses cols, les poignées, les manches sous les aisselles. J'y allais avec ma langue, je léchais les tissus, frottais mes lèvres, quel autre baiser pour moi ? Je me suis même allongée dans son lit. J'avais mis une de ses chemises, j'ai tiré le drap sur ma tête. Tu sais à quoi je pensais ?

À la fatigue inouïe ressentie par une petite fille juste après l'accident quand une main qu'elle croyait être la mienne avait caressé son visage. Dans ce lit, Carlotta était là où son corps imparfait réclamait de vivre. Elle a fini par se lever, a remis la chemise sur son cintre, décidée à jouer sa carte maîtresse. Pour le séduire, elle a eu la pire des idées, utiliser les lettres de sa mère au beau jeune homme. Carlotta avait tout prévu, Andrea lui reviendrait, il partirait sagement attendre le trépas de l'autre femme mais elle voulait s'en convaincre, les lettres le lui ramèneraient. Comment aurait-elle pu imaginer qu'il les avait déjà lues ?

Elle a pioché des phrases dans une, a coupé dans une autre. Elle adaptait, trafiquait, profitant de la *souvenance* pour asséner à Andrea des passages entiers qu'il reconnaissait. Elle l'a assommé. Il était perdu, Carlotta le voyait aux aguets. Il lui rappelait, dit-elle, un animal pourchassé, bientôt rattrapé, libre encore. Carlotta s'est méprise, elle était bien à l'origine du trouble d'Andrea, mais pas comme elle le croyait.

— Il ne disait rien ?

— Rien. Il baissait la tête ou me lançait des regards tristes. Je n'en tenais pas compte. Enlisée dans mon mensonge, je ne pouvais pas reculer. Plus je parlais, plus je le perdais. Les derniers jours ont été difficiles, il m'évitait, il n'allait plus voir ma mère, je ne sais même pas s'il lui aura dit au revoir.

Carlotta a enfin ôté la lettre de son visage, elle la replie délicatement, la feuille est à plat sous sa main, j'aimerais l'ensevelir et toute cette histoire avec.

Des traînées d'encre ont noirci ses paupières et lui font des cernes jusqu'à la bouche. Elle garde les yeux fermés sur un espoir qu'elle est la seule à voir, un espoir insensé : retenir coûte que coûte Andrea. Carlotta continue et elle ne s'épargne pas. Leur dernier soir aura été une déconfiture. Andrea avait annoncé son départ pour le lendemain. Elle a apprêté sa mère, elle a fardé ses lèvres, détaché les cheveux plus blancs que bruns, assez longs encore pour être la cabane d'une petite fille. Andrea n'est pas monté, elle l'a vu hésiter devant l'escalier comme devant une décision à prendre, elle a vu son sourire tellement triste. Il a mis son pied sur une marche et puis il a reculé. Son regard réclamait qu'elle l'interroge.

Pour cette soirée qui devait être la dernière, Carlotta a voulu une flambée comme sa mère savait en faire et son dessert : le volcan interdit. Qu'importe si les figues avaient été mangées par les oiseaux, les cueillant, Carlotta s'était dit que lorsque cet arbre croulerait sous de nouveaux fruits, Andrea serait revenu.

Le dessert était raté, la flambée hésitante. Ils ont fait semblant de ne pas le remarquer, Carlotta s'échinait à raviver la flamme tout en pensant que s'ils devaient mesurer leur avenir à l'aune de l'âtre, ils ne feraient pas long feu.

— Je dois, Dino, parler d'une chose qui n'est pas facile. Décrire une hantise, un bout de chair rognée au relief bombé. J'étais résolue à le mettre sous le nez d'Andrea, il n'y couperait pas. Je ne savais pas trop comment mais il verrait mon corps sans voile et contrairement à toi, Dino, je ne le laisserais pas détourner son regard.

À son arrivée sur l'île, Andrea n'avait pas eu, et pour cause, de réaction devant le bras manquant. Même les plus discrets marquent une gêne la première fois. Après tout, avait pensé Carlotta, il sait que j'invente des souvenirs, il peut bien savoir que je le fais avec un seul bras, ce ne serait pas le premier.

Pour son ultime rencontre avec Andrea, elle n'a rien laissé au hasard, allant jusqu'à enfiler la nuisette en dentelle de sa mère, celle trouvée suspendue à son lit ce matin, celle remarquée par tout un village un soir de pluie.

Au moment d'aménager la chambre pour la malade, Carlotta l'avait trouvée avec les lettres. Elle avait mis longtemps à les lire. Elle entrait par effraction dans un cœur contre lequel elle était en colère. Elle découvrait ce qu'elle avait toujours su. Elle n'a ni lavé, ni déplié la dentelle noire, elle l'a glissée dans sa commode pour pouvoir la regarder de temps en temps, Carlotta éprouvait le besoin de vérifier qu'elle était là. On devient une autre femme dans un vêtement comme celui-là, dit-elle.

Le soir précédant le départ d'Andrea, elle a enfilé la bretelle sur ce qui lui restait d'épaule, la dentelle grattait où les bourgeons pointaient.

Depuis qu'à l'hôpital sa mère n'avait pu sauver son bras, Carlotta ne lui avait rien demandé. En détournant ses lettres au beau jeune homme, en cuisinant sa spécialité pour dessert, en portant ses dessous, Carlotta réclamait son aide pour la première fois en vingt-cinq ans. Elle n'arrivait pas à se résoudre au départ d'Andrea. Que sa mère fasse qu'il l'aime et elle lui pardonnerait.

— J'ai cherché secours auprès de celle qui n'avait pas su me garder du malheur. En attendant Andrea, j'ai bu un verre, puis deux, un troisième, au quatrième nous avons tenté de trinquer. Il était accablé, j'étais pathétique, les bûches sifflaient, je m'effondrais.

En la trouvant dans la nuisette, Andrea a accusé le coup, il n'a fait aucun commentaire. Étrangement, l'épaule à découvert de Carlotta ne semblait pas le gêner, c'était autre chose qui n'allait pas. Le feu enfin parti, il s'est levé, s'est rassis, s'est relevé pour finalement s'échapper en laissant la porte ouverte. Il faisait noir dehors, excessivement noir, ce n'était pas mieux dans le salon. Carlotta a eu tout loisir de comparer son volcan interdit à celui de sa mère. Après s'être forcée à manger sa part, elle a avalé celle d'Andrea, histoire d'avoir un peu plus mal au cœur.

— J'ai attendu que le jour se lève pour enlever la nuisette. J'ai attendu. Je ne suis pas allée sur le quai.

Andrea a glissé sa lettre sous la porte et puis il est parti. « J'ai l'impression de m'être perdue » dit-elle.

Elle pourrait en mourir mais elle ne le veut pas. Je me suis trompé quand je l'ai sortie de l'eau de force. Depuis le départ d'Andrea, elle trouve là son seul repos. Elle en revient avec une force éphémère.

Carlotta a repris les *souvenances* à leur rythme habituel, enchaînant les séances avec ses habitués ou des inconnus, comme la jeune femme croisée ce matin. Au fil des années, l'inventrice de souvenirs est entrée dans de nombreuses vies, elle s'est fabriqué un roman sur mesure, trouvant ses personnages dans ses clients et leur requête.

Carlotta s'est enfin assise, elle a cessé de regarder où je ne peux voir, où je ne veux pas la suivre. Elle décrit des *souvenances* mémorables. Elle s'éloigne de son chagrin, oublie qu'elle a froid, ses lèvres retrouvent un peu de leur rose ancien. Elle est ailleurs, suffisamment loin d'elle pour retrouver des couleurs.

Récemment, une de ses clientes l'a fait douter. Cette femme partait retrouver son premier amour, ils s'étaient séparés en se donnant rendez-vous quarante ans plus tard en haut du campanile. Avant de se rendre à Florence, la femme a fait un détour par l'île. Elle voulait le souvenir de leurs retrouvailles au cas où l'homme ne viendrait pas. Elle a monté les quatre cent quatorze marches du campanile. D'en haut, elle a regardé la Stazione, imaginant son vieil amoureux arriver de là. Elle a repéré une terrasse sur les toits pour dîner avec lui et puis elle a commencé à ne plus vouloir qu'il vienne, à se contenter de son souvenir. Au moment où elle a cru le reconnaître, elle s'est engouffrée dans l'ascenseur pour filer plus vite. La femme est revenue voir Carlotta pour continuer sa *souvenance* et donner une seconde chance à son amour de jeunesse sans risquer d'être déçue. Carlotta a refusé. Elle n'a pas, dit-elle, vocation à se substituer à ce qui peut exister. Ses souvenirs sont pour ceux privés de la possibilité d'une réalité.

Un client, il y a deux ans, lui a certainement menti. Absent à l'accouchement de sa femme, il était venu demander un souvenir de la naissance. Il aimerait mieux le bébé, disait-il. Carlotta n'a pas réussi à savoir si le bébé existait vraiment ou si, grâce à elle, l'homme s'est acheté le souvenir d'un enfant.

Une seule fois, elle a interrompu une *souvenance*. Elle ne l'a même pas commencée. Sa cliente lui avait écrit avoir perdu un être cher et oublié jusqu'à son souvenir. En la voyant, Carlotta a reculé, la femme était amputée d'un bras. Difficile de deviner qu'en fait d'être cher, il s'agissait d'elle avec ses deux bras.

Et si j'avais regardé dans le corsage de Carlotta ? Notre chêne peut-être nous porterait encore. Illusion des illusions. Si je décidais que la bouche de Carlotta n'est plus un défi mais un abandon, si je mettais de côté cette pensée qui m'a toujours gêné : celle-là n'est pas vraiment femme donc désirable. Si, me moquant de mes mains moites, j'effleurais son poignet, si je me penchais de manière à presser mes lèvres sur sa bouche vierge, si je suçais, mordais, léchais, baisais des années d'attente, fourrais ma langue, persuadé de me trouver exactement où je veux être. Carlotta répondrait à mon baiser, ses dents cogneraient les miennes, elle apprendrait le trouble à ouvrir sa bouche à une autre. Et si sa langue m'enjoignait d'entrer plus profond entre ses lèvres, je poursuivrais jusqu'au soir et bien plus loin. Si, si, si… qui voudrait presser un corps ayant soif d'un autre.

— Je t'aime vraiment, Carlotta.

— Beaucoup ?

— Vraiment. Ce serait beau, tu ne crois pas, de voir un gosse courir où nous avons piétiné. Je pourrais l'élever et peindre, vieillir tranquillement sur notre île avec toi. Tu me sourirais, j'apprendrais à notre enfant à désirer la lenteur, à regarder tout autour jusqu'à l'intérieur.

— Crois-le ou non, il m'est arrivé de nous inventer des souvenirs comme celui-là. Non, Dino, je veux être aimée avec déraison.

— Quelles raisons ?

— Déraisonnablement, la foudre, Dino !

— Rien n'oblige à l'amour absolu. Un bonheur sûr qui serait à mi-chemin de nos rêves, c'est toujours mieux que rien.

— Je ne crois pas et toi non plus, c'est pourquoi tu ne resteras pas.

— Si tu le dis. Qu'est-ce que tu attends alors ? Vas-y ! Cours-lui après !

— Arrête avec ça. Andrea est l'homme de ma mère, même s'il voulait de moi, comment vivre avec lui ?

— Je te l'ai dit, détruis la lettre.

Elle n'a pas assez de force pour être furieuse. Elle me fixe sans rien dire et c'est pire. Elle se recroqueville mais il n'y a plus de longue chevelure pour lui faire un abri. Depuis qu'Andrea l'a fuie, Carlotta ne parvient pas à entrer dans la chambre où sa mère végète. Elle a honte de lui avoir volé ses lettres, honte de les avoir lues à Andrea devant la malade, honte de désirer être prise par l'homme qui a pénétré sa mère. À part une mourante qui lui a enlevé un bras et son amant, personne, croit-elle, n'a besoin d'elle. Elle se trompe. J'ai des cendres dans une urne qui m'attendent. Je n'ai pas choisi où les jeter, je veux leur donner un peu de notre île et puis elles me laisseront. J'ai besoin de dire à Carlotta qui est dans cette urne. En parler à quelqu'un d'autre, ce serait en parler à personne.

Nous tournons nos visages vers un soleil déclinant. Je remets ma chemise, c'est mon tour de frisson. Mon tour de raconter.

— J'ai laissé une urne dans la barque de Salvatore. Les cendres d'un homme qui avait deux rêves : être bijoutier quand sa tribu avait interdiction d'exercer ce métier et être grand-père. Après quelques années et autant de galère, il est devenu un bijoutier fameux, le second rêve, il l'a perdu dans des nuits dangereuses et y a attrapé le sida. Il a eu besoin d'un abri de carte postale : Tintamarre. En arrivant dans cette île des Antilles il y a deux ans, je pensais y rester deux semaines.

Je raconte mon histoire en pointillé. Les mots viennent facilement. Il n'y a rien à cacher, je parle et je retrouve des heures ensoleillées. Je ne suis plus seul, je suis un vieux gamin qui se confie à son amie de toujours. Je lui dis mon *Voyage* à moi, comme j'ai été d'il en il. Pour moi, l'homosexualité n'est pas une vérité, elle est une tentation. J'y ai cédé naturellement. Mon plaisir réclamait des corps anonymes, des reins hospitaliers, régulièrement, la routine. J'en profitais sans retenue, sans passion non plus, je me débarrassais d'une tension. Je jouissais et je disparaissais, rien d'essentiel.

J'ai abordé les Antilles par un rivage bordé de résignés, ces arbres à la gomme envahissante. La première île se résumait à une plage hérissée de coquillages, leur ventre nacré se disputait un rivage bosselé par les vagues et strié de cadavres de poissons.

Coralita, Anguilla, d'un coup de voile, je m'échappais vers un banc de sable où m'étendre dans l'eau comme dans un lit liquide. Le visage immergé, je croyais entendre un *pao de chuva*, un bâton de pluie. On les trouve au Brésil, on les retourne et on écoute une averse sur les feuilles des arbres d'Amazonie. Quelques mètres plus loin, je distinguais une autre musique, celle du corail en miettes avant de devenir sable, j'avais la sensation que ma tête était enfermée dans un grand sablier, une vague et le verre se briserait.

La solitude me guettait, j'ai presque été soulagé de rejoindre des Américains en goguette à quelques miles de là. À chaque île, ses résignés !

Aux Antilles, l'humidité colle à la peau, le naturisme est de mise avec des kilomètres de mecs à poil, donnant le bras à des bonnes femmes promenant des bichons tirant la langue au bout de leur laisse. La laideur mise à nu, des corps gélatineux et blafards, un aspirateur à lubricité. Que pensent-ils, les Noirs cantonnés au nettoyage des plages ? Que pensent-ils de ces queues menues, allant de pair avec des pubis fatigués ? Drôle de monde où les femmes, côté pile, sont une copie de la Vénus de Botticelli et, côté face, une momie. D'autres, tartinées d'une couche épaisse de crème protectrice, ont de faux airs de champignon. Restent les joggeurs, toutes couilles dehors. Au milieu de ça, je me suis mis à guetter un cavalier, j'avais besoin de me laver le regard. Pour une minute de son galop, j'étais prêt à endurer des monceaux de chair pervertie. J'ai vécu avec lui les mois les plus souriants de mon existence d'homme. Il était de ces êtres, somme toute rares, qui pensent d'abord aux autres. « Vu l'échéance, souriait-il, m'oublier est ce que j'ai de mieux à faire. »

Avec lui, j'ai cédé au défi du désir, il emmenait loin, très loin. Il m'avait prévenu, quand il sentirait son corps le lâcher, il raccrocherait. Sa maladie, nous n'en parlions pas. Il ne me l'avait pas cachée, au contraire, elle me l'a attaché, elle me donnait l'assurance de ne pas être coincé. Si, dès le début, je n'avais pas su cet homme condamné, y serais-je allé ? J'aurais pris ce que j'avais à prendre, une poignée de plaisir, trois petits tours et puis s'en va. D'une certaine façon, je me le suis autorisé parce qu'il avait une date limite. Un moment, il a tenu la maladie en laisse, au point d'avoir eu l'impression de m'être fait piéger. Je n'en suis pas fier.

J'ai hérité de ses os, des esquilles négligées par le broyeur au moment de la crémation. Pour avoir raison des tripes, il a fallu retourner le corps avec un crochet.

— C'est une belle histoire d'amour, Dino.

— D'amour ? Tu crois vraiment, Carlotta ?

— Oui.

Elle se retourne et se penche vers moi, c'est elle qui nous le donne notre baiser. Je n'ai pas le temps de fermer les yeux, un nuage a empli le ciel, on dirait un dragon.

— Un soleil couchant et il crachera du feu mais alors, il sera loin. Et toi, Dino, où seras-tu ?

— Où tu voudras, Carlotta. Où nous serons le mieux ensemble.

Carlotta marche devant. Ses yeux ne sont plus les mêmes, comme si elle avait trouvé la fin de l'histoire. Qu'elle avait choisie pour Andrea.

J'ai décidé pour les cendres. Le lac, le lac des limbes, à une centaine de mètres devant nous, voilà leur place.

L'urne est avec Salvatore, Carlotta sait où le trouver. À cette heure, dit-elle, il n'est jamais loin du bord. Nous marchons d'un même pas, un seul élan. Carlotta se tourne vers moi, elle a retrouvé son sourire, il n'y a plus de larmes en elle.

Je la regarde, et les tableaux se succèdent, mes doigts me le disent : je la tiens la peinture qu'enfant, observant la nature, j'admirais sans la connaître encore.

La lumière est encore différente, après les heures mordorées, nous entrons dans l'heure bleue, une heure pour la contemplation de la beauté, une heure pour soi, pour voler au monde un peu d'impalpable. S'il y a quelque chose que j'ai su sauver, c'est le temps voué à l'immobilité, cet instant fugitif, puissant, où l'on devient ce que l'on admire. Le jour a commencé à décliner, on sait qu'il va finir, on ne le lâche pas, d'un seul regard on voudrait ramasser l'horizon, on voit des détails avant de ne plus rien voir.

D'habitude, quand la lumière tombe, je m'arrange pour être seul. J'aime ce moment où ce qui est une fin est aussi un commencement et cela revient tous les jours, c'est rassurant.

Je n'ai pas eu besoin de dire à Carlotta où je jetterais les cendres, nous sommes ces cœurs jumeaux que la séparation, l'attente et la fidélité dispensent d'explications. En voyant Carlotta, Salvatore a eu le sourire heureux de l'ami rassuré. Elle lui a demandé de nous conduire au lac des limbes. Aucun pêcheur ne s'y risque, Salvatore nous y conduit tranquillement. Je le soupçonne d'avoir compris pour Carlotta et ses baignades. Il n'en soufflera mot. Elle a pris ma main, écrase mes doigts comme elle le faisait avec sa lettre. Je sens l'urne contre ma cheville, j'essaye de me rappeler la peau de celui qu'elle contient, son odeur, une trace bien vivante. Je suis sans tristesse. Et si cet homme incarnait un début, une aptitude ? Je peux aimer, puisque je l'ai aimé. Nous approchons du territoire des enfants noyés.

— Ici, ça ira ?
— Quoi ?
— Les cendres, ça ira, ici ?
— Très bien, Salvatore, très bien.
— Vous sentez comme ça frétille dessous ? C'est un bon coin pour pêcher.

Mon cavalier engraissera les *agoni*, c'est dans l'ordre des choses. Le lac prend et donne, dirait Salvatore. D'autres déjà attendent en bas, les limbes, où l'on entend le dernier souffle des enfants noyés. Le lac deviendrait-il gris s'il s'emplissait de cendres ? Et les yeux céladon, sont-ils plus sombres quand, derrière la flamme, Carlotta aperçoit la petite fille dans son joli pull à rubans ? Ce n'est pas bon de retourner la vase, je suis fatigué, tout est à l'envers à l'intérieur de moi. Un orage gronde dans le lointain, il ne pleut pas et j'ai le visage trempé. Les larmes du beau jeune homme n'en finissent pas de couler. Salvatore ne manquera pas de venir ici pour un bref salut, une pensée affectueuse. Il est trop pudique pour le dire mais ses yeux le font. Ce matin, il me lançait : « Il peut y avoir qui tu veux dans ton urne, dans une heure, je n'y penserai plus. » Pas si sûr. Mon amant a eu raison de me confier ses cendres, il y aura gagné un nouvel ami. Salvatore n'a pas eu besoin de le rencontrer pour l'accepter dans notre lac.

Le soleil s'en va et c'est une débauche d'étincelles. En coulant, les cendres font des écailles d'argent. Ces écailles de lumière que la mère de Carlotta voulait, écrit-elle dans une de ses lettres, bousculer avec son amant. Le cercle presque parfait du soleil a commencé d'éclairer la crête déchiquetée des montagnes. Dans moins d'une heure, le jour s'éteindra, une seconde et le soleil est avalé, une seconde et la plaie se referme.

Les cendres auront-elles le temps d'arriver en bas avant d'être avalées par les poissons ?

Carlotta a encore de l'encre noire autour des yeux, on les croirait frottés de cendre.

Un autre adieu m'attend et je pourrai partir. Si je le lui demande, Salvatore acceptera de me faire retraverser le lac avant minuit. Il me reste à saluer la mère de Carlotta.

— Tu viens avec moi voir ta mère ?

— On fait un détour par les fougères, alors. De là on voit le continent s'éclairer.

— Vas-y toi, Salvatore ne m'attendra pas toute la nuit. J'ai laissé quelque chose pour toi au milieu des fougères.

— On fait la course, Dino ?

— …

— Ça t'étonne de me voir courir. J'adorais nos parties de mouchoir, j'ai toujours couru, je n'allais pas arrêter. J'ai juste veillé à n'être vue de personne. Il y a toujours le risque de basculer du mauvais côté sans rien pour se rattraper. Ça ne m'est jamais arrivé, ce serait bien ma veine de tomber aujourd'hui. On parie que j'arrive la première au banc de pierre ? De là, tu seras vite au village et moi à deux pas des fougères.

— On parie quoi ?

— Attends de savoir qui gagne.

— On ne se perdra pas. Carlotta ?

— On ne peut pas se perdre dans notre île. Tu reviendras bientôt, Dino. Tu trouveras ce qui te manque et tu reviendras. Je t'attendrai avec nos souvenirs, et aussi la paix de cette journée.

— Oui, on rira de nous-mêmes et de nos cicatrices.

— Oui, Dino, on rira.

Nous sommes arrivés ensemble. Nous n'avions rien à demander. Tout ce qu'un pari peut offrir, cette journée nous l'aura donné. Un mélange d'apaisement et de mélancolie, d'harmonie désenchantée.

Montant l'escalier, je ne peux m'empêcher de regarder l'horloge. Après une journée pareille, elle serait capable de repartir elle aussi. La vie ressemble aux jours d'été. Elle se raccourcit d'abord imperceptiblement, arrive le soir, la nuit tombe si vite, on ne l'a pas vue venir. En faisant le tour de mes souvenirs, j'ai arraché aux crocs du temps ce qu'il n'a de cesse de dévorer. Je devrais pouvoir me débrouiller avec cette énormité qu'est l'existence. Ce serait bien, une maison avec un figuier, un palmier et un olivier, ce serait bien, d'avoir pour voisins l'eau et le ciel. Cette maison a des murs fuchsia, je n'en veux pas d'autres.

Me revoilà devant vous. J'appréhenderais presque de vous parler maintenant que je connais votre secret. Avez-vous entendu Andrea vous supplier de lui donner votre fille ? Vous avez été une mère épatante et, vos lettres me le disent, une amante rare. Elles sont autrement plus vastes que le monde vers lequel je retourne. Vous avez été l'amie d'un petit garçon, une fléchette fichée dans mon enfance. Je ne vous reverrai pas, vous savez. Comprenez-vous ce que votre corps malade contient de beau ? Un corps qui a abrité une voix d'exception, assez puissante pour faire venir à elle un beau jeune homme, l'amour d'une vie. Un corps qui a voulu, nourri, une petite fille. Un corps qui s'est privé du bonheur de son amant, a enduré le ressentiment injuste de son enfant. Un corps atteint par un incendie dont vous ne vous serez jamais remise. Un corps fatigué et triste au point de se disloquer et s'avouer vaincu. Carlotta me l'a appris, vous avez voulu connaître les étapes de votre maladie, vous avez su qu'avant votre mort il y aurait un autre effacement. Plus de regard, plus de gestes, plus de parole, plus de tête, la douleur s'installe, elle prend le dessus. Si vous m'entendez, vous devez penser : de quoi se mêle-t-il ? D'une petite fille endormie derrière une fenêtre, une petite fille au corps de garçon que je n'aurai cessé de poursuivre.

Je retiens une chose : le vertige amoureux, votre fille l'aura connu. Elle a beau dire, sans le beau jeune homme, pas d'Andrea. Vous aurez aimé votre fille plus que tout, plus que vous-même, ce n'est pas si courant. Carlotta ne l'accepte pas. Sans son pardon, vous êtes depuis trop longtemps une moins que rien. Le beau jeune homme ne vous a pas blâmée, lui, il n'est pas le seul, pas une seconde je ne vous ai jugée. Je suis votre ami.

Elle me regarde, la mère de Carlotta me regarde ! Elle n'est pas la seule à m'avoir entendu, sa fille est derrière la porte depuis un moment, dès qu'elle a posé le pied à l'étage, le parquet a grincé.

Quand nous étions enfants, c'était la petite qui tendait son front, à sa mère de tendre le sien. Elle lève son visage vers Carlotta qui l'embrasse sans finir. J'en suis à la fois heureux et terrifié, il reste donc une lueur.

À la place du miroir, Carlotta a accroché mon tableau. C'est un beau cadeau qu'elle nous fait. Fini les traces qui font mal. Avant de partir, j'ajoute une bûche, la flambée repart de plus belle. Dans le feu, je vois d'autres lendemains. Je reste debout, si je me pose dans un de ces fauteuils, je ne me relèverai pas. Pour nos jambes de gosses, ils étaient trop profonds, s'y asseoir, c'était ne plus toucher terre, chacun sur un coude, on se poussait. Nos corps proches à ne plus savoir à qui appartenaient cuisses et coudes. J'avais le ventre en vrac, ce n'était pas désagréable, une flamme courait sous ma peau. Au coin des lèvres de Carlotta, j'observais des petites bulles nées d'un bavardage joyeux.

— Ton tableau est bien là, tu ne trouves pas ?
— Très bien.
— Pourquoi ce n'est pas de toi que je suis amoureuse, Dino ?
— Allez, j'y vais.
— Salvatore doit trépigner.
— Je ne reviens pas si souvent, ça devrait aller.
— Oui, Dino, ça devrait aller.

Le village est prêt à l'extinction des feux, les rues sont vides, la cour de l'école silencieuse, le gamin aperçu sous le préau ce matin se serait-il endormi ? Seulement endormi, alors, maintenant que nous nous sommes retrouvés je le garde.

— Ohé compagnon ! Qu'est-ce que tu fabriques ?
— J'arrive, Salvatore, j'arrive.

— Renata a râlé quand elle a appris qu'elle ne te verrait pas. Je lui dis quoi ? On te revoit quand ?

— Tu le sais toi ? J'ai encore quelques tableaux à peindre.

— Pourquoi ne pas le faire ici ?

— Dis à Renata qu'il y aura un tableau pour elle dans ceux que je rapporterai. J'ai vu tes gosses ce matin, ils te ressemblent, même si je les trouve beaux comme leur mère.

— Tu leur as dit qui tu étais ?

— Ça aurait servi à quoi ?

— Tu as préféré battre en retraite ! Sacré Dino ! Les petits auraient été heureux de te parler. L'oncle Dino, c'est quelque chose. Ils me ramènent leur gribouillis et moi je leur montre ton tableau, celui avec le poivre. Ils savent ce dont l'oncle Dino était capable.

— De quoi suis-je capable ? De réconcilier une mère et sa fille, de secourir une femme ?

— Tiens, Dino, prends ce caillou. Prêt pour un ricochet ?

— C'est toi le champion, moi, tu sais, les ronds dans l'eau…

— Mes gosses je les ai joués sur un ricochet. Un seul. Renata et moi, on se chicanait, on n'arrivait pas à se décider, elle voulait deux enfants, moi quatre. On était incapables de se mettre d'accord, j'ai proposé un ricochet. Le caillou a rebondi trois fois.

— Et s'il avait rebondi huit fois !

— Il ne pouvait pas rebondir huit fois, Dino. J'aurais pu le faire rebondir deux fois, cinq fois, j'ai pensé que trois était un bon compromis. Renata n'aurait jamais mis en route le troisième si je n'avais pas rusé. Dis donc, les enfants t'ont repéré ce matin. Tu sais ce qu'ils ont dit : « On a vu un monsieur à l'école qui regardait sans voir. »

— Je regardais un gamin qu'eux ne pouvaient pas voir.

Je lance mon caillou, je l'entends ricocher, ni Salvatore ni moi ne pouvons en compter les rebonds, ils se perdent dans la nuit. Encore une incertitude. Salvatore me donne un deuxième caillou, je le garde pour quand j'y verrai plus clair ! Dans ma poche, je trouve un papier. Pas besoin de lumière pour deviner. Carlotta m'a laissé partir sans reparler de la lettre d'Andrea, elle l'aura glissée dans ma poche. Elle a choisi, c'est bien. En me la confiant, Carlotta fait confiance au bonheur. Si la joie d'avoir connu Andrea l'emporte sur le chagrin de l'avoir perdu, elle ne l'oubliera pas. Si de sa venue il ne devait rester qu'un mauvais souvenir, il est bon pour les oubliettes.

Je regarde la lettre s'enfoncer dans le lac, rejoindre l'obscurité telle un fantôme. La pluie commence à tomber. Par temps d'orage, le ciel devient violine et la surface de l'eau engloutit le reflet d'une nuée tourmentée. Nous avançons entre deux eaux, celle du lac, menaçante, jamais plus attirante, et les gifles de la pluie. Demain après l'orage, le ciel redeviendra pur azur, le lac minéral. Une lumière différente, métallique, découpera la crête des montagnes. Elle déchiquette le bleu, donne l'illusion d'un sommet qui avancerait tant ses contours sont nets et aiguisés, tour à tour hors d'atteinte et boucliers. C'est en poussant son visage vers les cimes que l'on plonge dans l'abîme.

Salvatore rame droit, il ne s'arrêtera que pour me laisser sur l'autre rive. Tout comme notre île, Salvatore est un point fixe dans ma vie. Elle est là, la terre ferme. J'en suis sûr, mon vieux camarade n'aura pas eu besoin de lire la lettre d'Andrea pour comprendre. Suffit de regarder, comme il dit. Et la mère de Carlotta ? Je l'ai vue lever la tête il y a une heure… elle aura entendu, c'est obligé, cet homme qui écrit n'être personne sans elle. La barque s'éloigne, à moi de trouver la bonne distance. On appartient mieux à l'autre quand on l'aime les yeux fermés. Ce doit être pour cela que la mère de Carlotta embrassait les paupières du beau jeune homme.

Notre île n'est jamais plus étrange que lorsqu'on la regarde de loin. Le rivage devant moi devient flou mais celle debout sur son bord est nette. La femme qui n'a qu'un bras salue le petit garçon avec lequel elle a grandi. Elle sait qu'il reviendra, elle ne l'oubliera pas.

Composition et mise en pages

NORD COMPO
multimédia

CET OUVRAGE
A ÉTÉ REPRODUIT
ET ACHEVÉ D'IMPRIMER
SUR ROTO-PAGE
PAR L'IMPRIMERIE FLOCH
À MAYENNE EN AVRIL 2009

N° d'édition : L.01ELJN000269.N001. N° d'impression : 73630.
Dépôt légal : mai 2009.
Imprimé en France